孤峰の花嫁

霞彩包懐

森崎朝香

white heart

講談社X文庫

目次

イラストレーション／明咲《あさき》トウル

孤峰の花嫁

霞彩包懐

一　出会い

（お腹《なか》すいた）

昨日の夕方ちゃんと食べたのに、今朝になると、もう空腹を感じるのはどういうことなのだろう。人間の体は面倒なものだ。

潤霞《じゅんか》はため息こそつかなかったものの、億劫《おっくう》な気分で寝床から起きあがる。

板を張っただけの屋根と、そこからさしこむ光。土を踏みかためただけの床。薄い壁はすきま風と隣家の物音まで通す。竈《かまど》にくべられた炭はすっかり白くなり、その奥にうずもれるようにして、わずかな赤い光が残っていた。

潤霞は冷気と眠気をこらえて木の寝台からおりた。毛布だけは、古いが三人分を重ねており、秋の夜気にも耐えられる。

その代償として、潤霞は二人の親を失っていた。二枚の毛布は両親のものだったのだ。

もっとも、それも冬には売らなければならないかもしれない。今年は木々の色づくのが早く、誰《だれ》もが厳しい冬の訪れを予感している。今のままでは、炭を買う金銭もおぼつかないかもしれない。

それともあえて毛布は残し、炭のほうをあきらめようか。毛布をかぶり、両親が残してくれた古着を重ねれば、なんとかしのげるかもしれない……。

そんなことを考えながら、潤霞は竈にかけていた鍋《なべ》から昨日の残りの粥《かゆ》をすくって椀《わん》にそそいだ。量は昨日と同じ、両手で包めるほどの大きさの椀に一杯、潤霞の朝食も夕食もそれで終わりだ。昼は食べない。水を多めに加えてやわらかめに作った白い粒の間には、雑草にも似た草の葉の切れ端が浮かんでいる。

貧しい食事だ。お粗末ともいえる。だが潤霞は、惨めとは思わなかった。

貴人でも富豪でもない潤霞の日々の食事は、両親が生きていた頃《ころ》からこのようなものであり、それはこの小さな村のどの家庭でも大差なかった。

両親を相次いで亡くしたあとは、働き手が減ったことで収穫も減り、きりつめた生活を強いられることとなったが、それでも家や着る物が残っている分、道に行き倒れていく者たちにくらべれば、まだましだ。

不満を言えば、もう少し量を食べたいということか。十八歳の若い体に、この粗食はいかにもつらい。

とはいえ、わずかな蓄えをむやみに浪費するわけにもいかなかった。

潤霞はなかば慣れてしまった自分の不満を自分でいなして、朝食を片付ける。そして母の上着をはおると、籠《かご》を背に、家を出た。

朝のまだ白い光の中で、近所の人々が家の外に出てそれぞれの仕事や用事にとりかかろうとしている。みな同じように古い、汚れの落ちなくなった上着をまとった者たちばかりだ。つぎのあたったぼろをまとう潤霞を笑う者はいない。

小さな村だった。潤霞は村人と目があうたび挨拶《あいさつ》をかわし、唯一の大通りを抜けて村を出る。村の外は収穫を終えたばかりの畑がひろがっていた。

青い空から吹き降りてくる乾燥した風に黒い土壌がさらされ、あちこちに積み上げられた藁《わら》の束が小さな山を作っている。潤霞はその畑と畑の間を縫うようにのびた細いあぜ道を歩き、村から少し離れた位置にある林の中へ入っていった。

秋の林は恵みの宝庫だ。久々に粥と雑草以外の食べ物を口にすることができるし、そうでなくとも燃料にする薪《まき》が拾える。潤霞は足元をひっかく下草をかきわけながら、林の奥へと分け入って行った。

時は乱世、大小の国々が乱立し、泡のように生まれては消えて行く戦乱の時代である。娘が一人で生き抜くには厳しい世相だ。今はこうしてなんとか日々の糧を得てはいても、戦が起きればたちまち呑《の》み込《こ》まれてゆくだけであろう。

実際、潤霞は村のむこうを走って行く兵士の集団を見送ったことが何度もあるし、そうでなくとも若い娘、親、もしくは夫という後ろ盾がない境遇では、不埒《ふらち》な考えを抱く者が邪《よこしま》な目的で寄って来たとしても、守ってくれる者がいない。

近所の主婦たちもそれを心配して、親戚《しんせき》の家に身を寄せろとしきりに忠告してくる。親戚に親代わりになってもらえれば、そのつてで縁談を用意してもらうこともできるだろう。潤霞は村の娘たちの中では年少だったため、彼女が年頃になる頃には、村の目ぼしい若者はすでに縁組が決まっていた。

働き者で見目も悪くない潤霞なら、身元を保証する親代わりさえいれば、相手をさがすのに苦労はないと、主婦たちは口をそろえる。潤霞の友人たちもみな嫁いでおり、潤霞自身、親が病に倒れさえしなければ、今頃は子供の一人も産んでいただろう。

女たちの気遣いが理解できぬわけではなかったが、ふんぎりがつかずにいるのもたしかだった。近いといわれても、山三つを越える道程は、村を出たことのない潤霞にとっては十分長い旅路であり、未知への旅立ちだ。親戚にしても、面識はほとんどない。

なにより、ここは両親の眠る土地であり、両親の残した家と、いくばくかの品が残る場所である。それらを捨てて行くのはいかにも無情に思え、心を決めかねたまま、気づくとどうにかこうにか日々をやりすごして、いつの間にか両親が死んでから、はじめての冬を迎えようとしていた。

凍死する心配のない夏は、どうにかなった。だが、これから訪れる冬は……。

潤霞は薪になりそうな枯れ枝と共に、目についた木の実を拾っては背負った籠の中に放り込んでいく。柿《かき》や栗《くり》、梨《なし》……野生のままのそれらは、小ぶりではあるが食べるにさしつかえはない。

ふりはらえぬ漠然とした将来への不安に背を押されて、かがんだ体は一歩一歩、林の奥へと踏み込んで行く。

どれほど、そうしていただろう。気づくと太陽は中天をすぎ、冷たい外気の中でも額はうっすら汗ばんでいた。

籠を背負いなおして見渡せば、木の実拾いに熱中するあまり、かなり奥まで入り込んでしまっていたようだ。秋の林は恵み豊かだが、その恵みを求めてやってくるのは人間ばかりではない。山野の獣たちも、来る冬の長い眠りに備えて、少しでも多くの糧を得ようと奔走している季節だ。

しきりと鳴る腹を、採ったばかりの小さな梨でなだめながら、なおも進むべきか戻るべきか、思案した時だった。

突然、林がひらけ、目の前に明るい草の海がひろがる。枯れはじめた秋の野は午後の陽射しに金色に輝き、大きく波打つようであった。

しばし、潤霞はその光景に目を細めて立ち尽くす。かたむきはじめた太陽が放つ光がまぶしい。背の高い草の中に隠れるようにして、黄色い小花が咲いていていた。

それに気がついた潤霞は籠を背からおろすと、軽くなった肩で野の花に歩み寄る。背中を秋風が心地よく冷やし、それで背にも汗をかいていたことを知った。

潤霞は花を摘んだ。名も知らぬ小さな花だ。だが愛らしい。指の間でくるりと回すと、小さな花びらも合わせて回転する。

両親の墓に供えよう。そう考えながら草むらを見下ろすと、別の白い花を見つけた。その花にも近づいて細い茎を手折《たお》る。

そうやって、短くはあるが心穏やかな時間をすごしていると、遠くに、重く忙しい音が聞こえてきた。

蹄《ひづめ》の音だ。

誰か貴人でも通るのだろうか。

潤霞たち農民が普段の畑仕事や運搬に用いるのは牛か、もっと鈍足の馬で、あんなに激しい走らせ方はしない。蹄にまじって、馬具の触れ合う金属音も響いてくる。

身分の高い人間か武人、もしくは軍や貴人の使者だ。

そう判断した潤霞はかがめていた背筋をのばして顔をあげ、近づいてくる蹄の方向を確認しようとする。

が、それは遅かった。

近づいてくる、そう思って頭をあげた時にはもう、音の主は間近に迫っていたのだ。

「!!」

強い逆光の中、大きな動物の影は本来のそれ以上に大きく、せり上がってくるかのように見えた。

その背に乗る人物も。

相手が驚きの声をあげた。潤霞も目をみはって呼吸を忘れる。

潤霞の顔に視線を固定しているのがわかった。

潤霞もまた、はじめて出会うその顔に釘付《くぎづ》けになる。

二人の人間の声を、さお立ちになった馬の嘶《いなな》きがかき消した。

激しく宙をかく、たくましい前脚。

数秒にも満たない時間の中で、驚愕《きょうがく》を映した二つの顔と二つの視線が、たしかに見つめあい、からみあった。


重い音がした。二つ。

一つは馬の背から。一つは馬の足もとから。

後ろ足だけで立った馬の黒い影の巨大さに驚いた潤霞は、とっさに身をよじって脇《わき》に飛ぶように伏せていた。同時に、ほぼ垂直になった馬の背からは、重い金属音と共に乗り手が放り出される。

馬は格段に軽くなった鞍《くら》のまま、足音も軽やかに走り去って行った。

その蹄の音が遠ざかって行くのを確認して、潤霞はおそるおそる顔をあげる。

周囲を見渡すと、金色の丘に近づいてくる影はない。小さくなっていく馬の長い首が見えるだけだ。先ほど聞いた蹄の音から判断しても、走っていたのは一騎だけらしい。

潤霞は髪にからんだ枯れ草をはらった。

かすかなうめき声が耳に届く。

びくり、と肩を震わせた。

本来なら安否を気遣う場面であろう。むこうは明らかに潤霞以上の被害を負っている。が、伏せる前に見た光景が潤霞の心に迷いを生んでいた。

男は兵士だった。

兜《かぶと》はかぶっていなかったが、間違いない。ひるがえした外套《がいとう》の下から、金属の小さな板をつなげた甲冑《かっちゅう》がのぞいていたのを、潤霞の目はとらえている。落馬した際の重い音も、男が武具を着込んでいることを証明していた。

潤霞は兵が苦手だ。嫌っていると言ってもよい。

偏見ではなく、これまでの経験則として武装した男たちが恐ろしいのである。

武器を得て気が大きくなっているのか、兵というのは一般の農民を相手にする際はやたらと態度が大きく乱暴で、しばしば手も早い。若い者は特に気が短く、酒が入ると手がつけられない。娘は誰彼かまわず口説こうとし、店先から品物を持っていって代金を踏み倒す者もいる。潤霞自身、酔った兵士に腕をつかまれ、酌を強要された経験があった。

平凡な田舎娘の潤霞だが、黙って立っているとたおやかな風情があり、そこがある種の男の目を惹《ひ》きつけるらしい。力押しでどうにかできそうに見えるのだろう。

そういう光景を見て、またそういう目にあってきた潤霞としては、兵というものに良い印象を抱いているはずがない。下手をしたら言いがかりをつけられ、ひどい目にあわされるかもしれない。

そう考えると、このまま逃げてしまうのが利巧だと思いもしたが、相手の落馬の原因が自分にもある以上、見て見ぬふりをするのも卑怯《ひきょう》に思われた。

草がゆれ、相手が起き上がる音が聞こえる。

潤霞は意を決して、こわごわ相手に近づいた。

「あの……大丈夫ですか?」

最後の一歩を詰めない距離から、おそるおそる声をかける。相手は額を押さえ、重そうに頭を振ったところだった。髪から草が落ちる。

潤霞より大きな手が顔半分をおおい隠している。その指の間から黒い瞳《ひとみ》がこちらを見たと思った瞬間、手甲をつけた腕が伸びてきて潤霞の肩はその手につかまれていた。

「放して!」

潤霞は声をあげ、やはり逃げておくべきだった、と激しい後悔の念に襲われる。

兵士は有無を言わさず潤霞を引き寄せると、自分を打とうとした潤霞のもう一方の手も容易《たやす》くつかまえる。

潤霞は心臓が止まるような恐怖と焦りを感じたが、相手はそれ以上のことはしようとしなかった。ただ、暴れる潤霞をしっかり捕まえ、その顔をのぞきこもうとしている。

「……雪紅《せっこう》？」

（え？）

かすかに聞こえた単語に、潤霞は抵抗を止めた。

見れば、潤霞を捕まえた男はしげしげと潤霞の顔を見つめている。

真摯《しんし》なまなざしと至近距離から鉢合《はちあ》わせて、潤霞はもう一度、心臓が鳴った。

潤霞がおとなしくなったからか、相手は彼女の肩をつかんでいた手を放し、そのまま潤霞の顎《あご》の下へと持ってくる。かたい指先が肌に触れ、思いの外あたたかい体温が伝わる。

手が潤霞の顔をあげさせ、男の顔が鼻先で触れ合いそうなほど近づけられる。

潤霞は息を呑んだ。体中が緊張し、心臓の音が耳の奥に響く。若い男と、これほどまでに顔を近づけたのは初めてだ。息ができない。

だが相手は潤霞のような戸惑いとは無縁だったらしく、とにかく真剣なまなざしで潤霞の顔を見つめつづける。そこに色艶《いろつや》めいた甘さや下心はうかがえない。

ふいに、力尽きたようにその手と視線が外された。

潤霞は彼のその、熱さえ帯びた真剣な瞳があっという間に光を失って、失望と悲しみに沈んでいくのを、一秒残らず見届ける。

「……大丈夫……ですか？」

思わず声をかけていた。

相手はもう一度額に手をあて、乱れた前髪をかきあげる。そして今はじめて、潤霞の存在に気がついたとでもいうように、彼女をもう一度見た。

「――大事無い。怪我は？」

相手が潤霞を気遣ってくる。潤霞は首をふった。

「そうか」

男は小さく息を吐き出したようだった。あるいは自嘲《じちょう》だったかもしれない。

潤霞は無意識のうちに、つかまれていた手首と肩に触れる。

よくよく見れば、整った線の横顔だった。若く、甲冑を着こんでいるが体格は屈強ではない。まなざしには知性があり、村で騒ぐ下級の兵のような粗野な印象はうけなかった。

「人違いだった。許せ」

若い男はゆったりした動きで立ちあがる。言葉にも態度の大きさが出ていたが、横柄という感じではない。他人に命令するのに慣れているのだろう。身につけた武具も潤霞が村

で目にするものより、ずっと小奇麗で高価な品のようであり、どうもやんごとなき身分の方と関わってしまったようだった。

潤霞は期待と好奇にはずむ心と、面倒を予感する心の二つの間でゆれ動く。どちらかというと後者のほうが強く、じき、そちらが前者を追い払った。

自分のような、守ってくれる親や夫のいない下層の民は、高貴すぎる身分の人とは関わらないほうがいい——。

及び腰になった潤霞の様子に気づかず、相手は当然のように訊《き》いてくる。

「馬はどこだ？」

午後の陽射しの中、金色にゆれる草の海を見渡すが、丘の上のどこにも、大きな生き物の影は見あたらない。

「……逃げてしまったようですね」

潤霞も認めざるを得なかった。若い武人はため息をつき、何事か口の中でぼやいたようだ。潤霞はひたひたと面倒事の予感が背中に迫ってくるのを感じる。

関わらないほうがいい。だが、このまま逃げ出していいものだろうか。

彼の落馬と馬の逃走には、自分が関わっているのに？

そっとかたわらを盗み見て、気がついた。傷を負っている。

落馬の際、草むらに隠れた枝かなにかで引っかいたのだろうか。武人の右袖《みぎそで》は破れ、赤い色が染み出している。

重傷というほどではない。が、かすり傷というわけでもないのだろう。若者は左手で破れ目の中を確かめ、整った眉《まゆ》をひそめている。

自分で懐から布を取り出した男の仕草に、潤霞は観念して声をかけた。

「林のむこうに村があります。私の家はその中です。もし、家まで歩けるようでしたら、手当てします」

男は驚いたようだった。潤霞も複雑な思いでその顔を見つめる。

もし、男が当然のように潤霞に介抱を命じてきたり、怪我を口実に無理難題を要求してきたのであれば、潤霞はとっとと逃げ出していただろう。だが男は潤霞に目もくれようとはせず、当たり前のように自分で傷を診《み》、自分でどうにかしようとしていた。

その、他者をあてにせぬ様子が、かえって潤霞に「なにかしなくては」という気持ちを生じさせたのだ。

「……近いのか？」

「近くはないですけど、遠いわけでも……」

潤霞の答えは歯切れが悪い。木の実拾いに夢中になっているうちに林を抜けてしまったため、まっすぐ歩いた場合の距離はよくわからないのだ。

若者はしばし考え込んだが、けっきょく「世話になる」と言った。乗ってきた馬が逃げてしまった以上、代わりも調達しなければならなかったからだ。どうやら、かなり遠方から走ってきたようである。

「時間は大丈夫ですか？　なにか、大切な用事があったのでは……」

「いや。ただの遠駆けだ」

軍の使者、というわけでもないらしい。こんな時間にふらふらしていられるということは、やはりかなりの身分の者なのだな、と潤霞は見当をつけた。

草むらに置いていた籠を背負い、男の先に立って林に入る。日はかたむきはじめており、林の中は長く伸びた影と、金味を増した光で複雑に彩られていた。草と土を踏む音が二つ、淡々と進んでいく。

潤霞は裸足《はだし》だが、男は革の靴を履いている。武装の一環だろう、脛《すね》と腿《もも》まですっぽりとおおった丈夫そうなもので、草の刃などものともしない。

（便利だわ）と、肌を打つ草と小枝に閉口しながら、潤霞が籠を背負い直そうとすると、その籠を急に後ろから奪われた。

「あの……！」

「私が持つ」

軽々と籠を肩にかけて先を歩き出したのは、甲冑に身を包んだ若者のほうだ。いかにも丈夫そうな具足を履いた足を大きく動かし、どんどん先へ進んでしまう。潤霞は慌ててその背を追いかけた。肩が軽い。

「でも、怪我をしているのに。そんな重い物を持ったら……」

「かまうな。それより、こちらでいいのか？」

若者が無愛想に示した方角に、潤霞はいそいでうなずく。

これでは逆だ。自分が案内しなければならないのに、先に行かれてどうする。

だが前へ出ようとする潤霞の足を、若者のそっけない声が止めた。

「私の後を歩け」

当然のように命じられ、潤霞は困惑した。身分が高いのはわかるが、潤霞は彼の家で働く侍女や下働きというわけではない。反感めいた気持ちがわいたが、籠のゆれる背中を見ていて気がついた。

草を踏んでいる。

後から来る潤霞のために、歩きやすいよう、道を整えてくれているのだ。

潤霞は胸に小さな火が灯るような熱を覚えると、黙って彼のあとを追いはじめた。


村につくと、ちょっとした騒ぎだった。

なにしろ小さな村だ。外から訪れる者はすぐにわかるし、村に立ち寄る下級の兵士とは明らかに身分の異なる、若い武将である。それを導いているのが村の娘ときては、村人たちの興味はかきたてられる一方だった。

「すみません、騒がしくて」

潤霞はいつも自分が横になる寝台に若者を座らせる。そこしか、腰をおろせる場所がないからだ。開け放したままの窓や戸口のむこうから、いや、薄い壁すら透かして、隣人たちの興味津々の視線が突き刺さってくるような気がする。

事実、村に残った者たちはその大半が、潤霞の家を注視していた。

気恥ずかしさをこらえながら、潤霞は汲《く》み置《お》きしていた水で布を濡《ぬ》らし、若者のかたわらに膝《ひざ》をついて、彼の腕をしばっていた布をほどく。傷口をそっと拭《ふ》いていくと、血はほとんど乾いていたが少しだけ鮮血がにじんだ。

若者が懐から取り出した薬草を受けとり、それを傷の周囲に塗る。薬は高価だ。この半分の量でも家に置いてあれば、色々助かるのに、と潤霞は切なく思う。

もう一度、今度はていねいに腕に布を巻いていると、若者が潤霞の手許を見下ろしながら、戸惑うように訊ねてきた。

「……ここは、お前の家か？」

「はい。ずっとここに住んでいます」

「親は？」

「いません。去年の冬、病で亡くなりました」

「両親とも？」

「両親とも」

潤霞は静かに答える。

「身よりはないのか？　何故、身を寄せない」

「山を三つ越えた先の町に、伯父がいるはずなんですけど……あまり会ったことがないから、たずねて行きにくいんです。それに、ここには両親の墓がありますし」

包帯代わりの布の端と端をしばった。

「……夫は？」

「いません」

潤霞は遠慮がちにだが、若い娘らしい、はにかんだ笑みをうかべて立ち上がった。しゃんとしていてもどこかたおやかな立ち姿は、若者の目に、風にゆれる柳を連想させる。

「村長の家に案内します。馬は、村長に頼めばなんとかしてもらえると思います」

戸口をくぐると、いっせいに視線が散らばった。周囲に集まっていた村人たちだ。わざとらしくそっぽをむいてみせても、今のいままで家をうかがっていたのは明白だ。

潤霞は恥ずかしさをこらえて平静をよそおい、若い武人を村長の家に連れて行った。老いた村長はずっと家にいたようだが、事態はとっくに誰かの口から耳にしていたのだろう。話はさっさと進んだ。

しばらくすると、一頭の馬が手綱を引いて来られた。村で一番若くて力のある雌馬だ。しかし若者はいい顔をしない。それはそうだろう、高位の武将が戦に連れて行くような軍馬とは、骨格からして異なる。

が、他に代わりとなる足はない。若者はしきりに恐縮する村長に、手首にはめていた玉の腕輪を放るように渡すと、土臭い村人から手綱を受けとった。周囲の男たちは目を丸くして、四方から村長のしわだらけの手の上をのぞきこんでいる。

彼らの無作法を咎《とが》めはせず、むしろにぎやかな人の輪から逃れるように、若者は静かにその場を離れた。村人たちが気づいたのは、その背がかなり小さくなってからのことである。慌てて手をふる様子が見てとれる。

潤霞は彼らと共に残ることもできたが、村の外まで見送ることにした。現金なことに、出会ったばかりの時はあれほど用心していたのに、これで別れと思うと惜しむ気持ちがわいてきたのである。短い間に、物静かな人柄とわかったせいもあろう。

若者は馬に乗らなかったので、並んで歩くことができた。大通りを抜け、村を出て畑の間を縫い、林へ一番近い道順を教えてやる。木立の中に入ったところで、若者が潤霞をふりかえった。

「ここでいい」

手綱を引かれた馬が一鳴きする。潤霞はぺこりと頭をさげた。

「気をつけて。先ほどは失礼しました」

相手はこちらを見ている。潤霞は彼が林の奥に消えるのを見届けるつもりで、そこに立っていた。若者はまだ、馬に乗ろうとはしない。

「──また、馬を返しに来る」

「はい」

「──すぐに返す。明日にでも」

「はい」

存外、律儀な人らしい。あんな高級品と引き替えたのだ。そのまま持って行っても、誰も文句は言わないだろうに。

そう考えながら、潤霞は彼が走りだすのを待つ。が、彼は一向にこの場を離れようとしない。

何故だろう。よく見ると、なにか言いあぐねるような、言葉をさがすような、けれどもけっきょく、見つけられずに押し黙ってしまったような表情をしている。

潤霞は首をかしげる。ひょっとして、自分がここにいるせいで離れにくいのだろうか。

残念な気もしたが、潤霞は村に戻ることにした。

「それじゃあ、私はこれで……」

もう一度かるく頭を下げて、引き返そうとする。

「待……っ」

思いがけず強い力で腕をつかまれた。

潤霞はとっさに身を硬くする。緊張に顔をこわばらせて若者をふり返る。その拍子に、木立の隙間《すきま》からさしこんでくる最後の夕方の光に目を焼かれた。

一瞬、目を細めて顔をそむける。

気づいた時、潤霞の体は武骨な甲冑の中に包み込まれていた。すべての音が遠ざかる。

二つの人影が一つとなり、夕闇《ゆうやみ》と草むらの中へ沈んだ。

呆然《ぼうぜん》と見開かれたままの瞳に、暮れていく空に黒く浮かびあがる梢《こずえ》が、ただ映る。

その日、村から一人の娘が消えた。静かに、ひそやかに。隣人が気がつくと帰ってこなかったのである。

かわりに数日後、王宮では新しい住人を迎える。

李《り》潤霞、十八歳。突然あらわれたこの、有力な後見もなにも持たない一人の娘が、またたく間に若き王の寵妃《ちょうひ》として後宮に君臨することとなる。

二　国一番の寵妃《ちょうひ》

広大な大陸の西方にささやかに座する一国、明《めい》。嵐《あらし》が起きれば一晩で吹き飛ぶであろう小国だ。人も土地も凡庸で、特筆すべき事柄はない。

それでも『国』を名乗る以上、王がおり、それを支える役人と守る武人がおり、彼らの住まう都があるのは世の常だった。

明の王宮の最奥に座するのは范雪峰《はんせつほう》、今年二十一歳の若き王である。

「李妃様《りひ》。明王陛下より、お品物が届きました」

扉で侍女が一礼した。李妃――この後宮でもっとも新しい女人《にょにん》――潤霞《じゅんか》は顔をあげる。窓際に椅子《いす》を置き、しきりと散っていく赤い葉の動きをながめていた時のことだった。

後宮に連れてこられて、はや一月《ひとつき》。空気は秋が深まり、冬の兆しが見えはじめている。

扉では潤霞とさほど年齢の変わらぬ娘が二人、笑顔をつくって並んでいた。どちらも両腕に一箱ずつ、大きな平たい箱を抱えている。

侍女たちは長い裾《すそ》の中で忙しく足を動かし、部屋のほぼ中央に置かれた大きな卓の上にその箱を置く。彼女らのあとに、なにも持たぬ侍女が数人つづいて、卓をとりかこんだ。潤霞も椅子から立ち上がって卓に歩み寄る。

「南の、中央からの商人が持ち寄った品だそうですわ」

侍女は説明し、おもむろに蓋《ふた》を開けてみせた。周囲から歓声があがる。

箱から出てきたのは錦《にしき》だった。午後の光をうけて、一面に刺繡《ししゅう》された金の糸がきらきら輝く。一つ目の箱は朱色、二つ目の箱は緑色の布地だった。

「なんて美しい。さすが中央の布は、質が違いますわ」

「この刺繡の細かさ。これほど立派な品物は、正妃《せいひ》様とてお持ちではないでしょう」

「次の、新年の宴のために用意なさられた錦だそうです。陛下自ら、李妃様のために、お選びになられたそうですわ」

侍女たちの間からふたたび歓声があがった。

「いかがです、李妃様。お気に召されましたでしょうか?」

女たちの中でも、一番年長の女が潤霞にたずねてくる。目をみはって息を呑《の》んでいた潤霞は、慌てて返事をかえさなければならなかった。

「それは、もちろん。あまりに美しくて、どう言えばいいか……」

　血よりも夕陽よりも鮮やかな赤。木々の葉よりも深い緑。こんな美しい色合いは村では見たことがない。

「さようでございましょう。布でも飾りでも、やはり中央の品は格別です。これも陛下のご寵愛《ちょうあい》の賜物です」

　女の言葉に、若い侍女たちがこぞって黄色い声をあげる。

「李妃様がお気に召されましたならば、この布地を使って新年の衣装を仕立てたいと思います。よろしいですか？」

　潤霞はうなずいた。主人のぎこちない笑みにかまわず、年長の女は若い侍女二人に、そのまま布地を職人のもとに運ぶよう、命じる。侍女が出て行っても部屋にはなお、数人の娘が残った。

「すばらしかったですわ、あの錦！　私、あれほど立派な布は見たことございません」

「あの色！　あの刺繍！　ああ、私も一度でよいから、あのような衣をまとってみたいものですわ」

「それもこれも、陛下のご寵愛深い李妃様だからこそ。それでなくとも陛下は、普段から李妃様に贈り物を欠かさないというのに」

「陛下の想いの深さが推し量れます。本当に、李妃様こそ、この国でもっともお幸せな女人ですわ」

きらめく簪《かんざし》や耳飾りをゆらして笑いあう娘たちは、玉の触れ合うちゃらちゃらという音とあいまって、にぎやかな小鳥のさえずりを連想させる。潤霞はあいまいに笑った。嬉《うれ》しいのか居心地悪いのか、自分ではよくわからない。

新たな侍女が一礼して入室してきた。

「李妃様、江《こう》夫人がいらっしゃいました」

「今、行きます」

潤霞はほっとして、その場を離れた。

明国一の果報者にして、後宮一の美女。田舎の片隅から王都の中央に見出された、穏されし宝珠。一介の村娘から国王の寵妃にまでのしあがった、強運の代名詞。

それが、今、十八歳の李潤霞を彩る噂《うわさ》の数々であった。

ひっそりと暮らし、ひっそりと息絶えるはずであった身寄りのない田舎娘に訪れた幸運を、国中の誰《だれ》もが誉めそやし、羨《うらや》む。巷《ちまた》では李妃の幸運を詠い、李妃と明王の『運命の恋』を劇に仕立てて、大道芸人が演じる。そしてそれを目にした娘達は、李妃にふってわいた幸せな運命がいつか自分にも訪れるのではないかと、夢見るのだ。

明国一の幸せなる佳人。

けれど潤霞自身はまるで、その言葉の華々しさに酔うことができずにいた。

背筋をのばし、目の前に置かれた文字の連なりをじっくり見つめて一画一画、慎重に手を動かしていく。

字の練習だ。小国の田舎に育った潤霞は一度として教育をうけたことがなく、日常の挨《あい》拶《さつ》一つ、読むことも書くこともできない。

潤霞に限らず、あの村の住人のほとんどがそのような状態だった。

右手に持った細い筆の高価さ、脇《わき》に置かれた硯《すずり》と墨がどれほど貴重で特別な道具かも、しかとは理解していない。

ただ、後宮で正式に妃の地位を与えられた女人が、読み書き一つできないのは体面に関わると指摘されて、素直に練習をつづけていた。

江夫人は大臣の一人の正妻であり、字の美しさを買われて李妃の読み書きと文法の師に選ばれた、四十も半ばをすぎた女人である。

潤霞は真剣に手本の文字を写していく。手本は詩で、悲恋の伝説を詠んだものだった。

やがて筆がそっと硯の上に横たえられて、疲れたようなため息が吐き出される。

「失礼いたします」

江夫人が、自分の半分以下の年齢の娘に頭をさげ、若い妃の手許から、まだ墨も乾ききらぬ木切れを両手で取りあげる。手本は紙だが紙片は高価なため、練習には、木材を切り出したあとのあまった木片を、薄く削ったもので代用しているのだ。

江夫人はふくよかな頬《ほお》に深いえくぼを刻んで、大きくうなずいた。

「けっこうでございます。李妃様の筆は、この一月で見違えるほど上達なさいました」

あたたかい笑みとお世辞ではない言葉に、潤霞もこの時は素直に賛辞をうけとる。江夫人の言葉は潤霞の地位ではなく、潤霞自身の努力に対する賞賛だからだ。

「今日はここまでにいたしましょう。そのお手本は、よろしければ置いてゆきます」

江夫人が微笑む。彼女が訪れるのは一日おきだが、潤霞は彼女が来ない日も一人で練習しているので、手本があると便利なのだ。

「お願いします。まだ全部、読んだわけではないので……」

字を練習している間は運筆にせいいっぱいで、内容を追うゆとりはない。詩の内容は面白そうなので、練習とは別の時間にじっくり読みかえしたかった。

「ごゆっくりお楽しみくださいませ」

丸い顔の江夫人がにこにこ笑いながら潤霞に語りかける。

「ですが」と少し、笑みと口調を変えた。

「それは美しいお話ですが、幸福な話とは申せません。若い李妃様にはふさわしいと言い難いでしょう。次は、美しく幸せな話を持ってまいりましょう」

いつも笑みを絶やさぬ江夫人はこの時もにこやかに潤霞に一礼すると、帰り支度にとりかかる。その笑みに裏はなく、夫人は純粋に、若い妃《きさき》の将来を気遣って「この話はふさわしくない」と口にしたのだろう。

けれど今の潤霞は、そのような言葉一つにも過敏に反応してしまう。村にいた頃《ころ》なら、どのような悲恋話であれ、「哀しい話ね」の一言ですんだに違いないのに。

今、潤霞は『妃』の肩書を与えられている。李妃潤霞。それがこの後宮での潤霞の地位であり、直接、名前で呼ぶのは不敬であり無礼だということで、潤霞の周りの者はみな、『李妃』の呼称で彼女を呼ぶ。

潤霞はふと、置かれたままの細筆をとると、木片の隅に小さく自分の名を綴《つづ》ってみた。

『潤霞』と。

ここでは誰も呼ばなくなった名前を。

灯火がゆれ、あわせて黒い影が金色の光の中で躍る。夜風が吹きこんできたらしい。潤霞は気づかなかったが、部屋に焚《た》きしめられていた香の煙が大きくたわんで霧散する。

その煙がもとの状態に戻るのをながめながら、潤霞は卓に頰杖《ほおづえ》をついた。

（遅いわ）

夕餉《ゆうげ》を終え、侍女の挨拶もすませて、あとは眠るだけの時刻である。寒いので窓は閉めているが、部屋の外では冷えた大気に月と星の光が溶けて輝いている。

重い衣装を脱ぎ、夜着の上に簡素な数枚をはおっただけの格好で、それでも床につけずにいたのは、予定された明王の訪れがないからであった。

あらかじめ今夜の来訪は告げられていた。常より訪れが遅くなることも。最近は政務がとりこんでおり、けれども、それでも王は李妃の顔を見たいので、就寝前に部屋を訪れる旨、使者を介して伝えられていた。

だから潤霞は、昼間、江夫人から借りたばかりの詩をひろげつつ、ひたすら明王の訪れを待っていたのである。しかしいい加減、眠気が耐えがたくなってきた。なんとか卓の上の詩に意識を集中しようとするが、その努力を嘲笑《あざわら》うかのように視界は霞《かす》んで闇《やみ》に沈もうとする。

潤霞は詩から目を離して椅子に腰をおろしたまま、思いきり背をのけぞらせた。

卓の下、足元には火鉢が置かれ、広い部屋のあちこちにも同じものが用意されているため、寒さは感じない。それだけに眠気をこらえるのは一苦労だった。

目も疲れてきたし、そろそろ寝台にもぐりたい。だが潤霞は王の妃だ。

王が訪れると予告されたのなら、どんなに眠くとも起きて待つのが妃の役目であり、義務なのである。ここに来て、そう叩《たた》き込《こ》まれた。

眠れるとしたら、王の訪れはないと、王自身によって前言を撤回されたあとだ。潤霞はため息をついて立ちあがった。

こんなしっかりした厚い壁の部屋であたたかい火鉢に囲まれているから、眠くなるのだ。村にいた頃は、三枚の毛布に包《くる》まっても冷気を追い払うことはできなかった。そのかわりに目はしっかりさえ、そこここから吹きつける隙間《すきま》風の音を一晩中聞いていたこともあったではないか。

たった一月で贅沢《ぜいたく》に慣れてしまった自分が恥ずかしい。

潤霞は己を叱咤《しった》して、その姿のまま外に出ようとする。

少し外の空気に触れればいい。そうすれば、眠気など一瞬で吹き飛ぶだろう。隣室に控える侍女たちには気づかれぬよう、そっと扉に手をかけ、静かに押し開く。外はまったくの闇ではなかった。

回廊には十数歩おきに松明《たいまつ》が焚かれ、庭園や廊下の角には武器を手にした兵が立っている。兵といっても後宮の内部なので、警備にあたるのは訓練をうけた女人たちだ。庭園のむこうの棟は所々の窓に灯りがともり、潤霞以外にも夜更かしをしている者たちがいるようである。

夜になれば空以外、まったくの闇にぬり潰される村とは大違いだった。

潤霞は、はおっていた衣の前をかきあわせる。吐く息が白く染まる。空を見上げてみたが、回廊の屋根に邪魔されて全容が見渡せないうえ、心なしか星の輝きも弱い気がする。赤々と燃える人口の火は、天上の清らかな光すらかすませてしまうのであろうか。

記憶の中の故郷の星空と目の前の夜空をくらべながら、なおも潤霞はその場にたたずむ。

長い時間ではなかっただろう。だが不審そうな、焦るような声がかけられた。

「李妃？」

その呼び声に潤霞は我にかえる。後宮ではわずかな例外をのぞいて、聞こえるはずのない低い声。潤霞はいそいで声のしたほうへとむきなおった。回廊の奥から足早にこちらに近づいて来る、背の高い人影がある。

その人影が目の前にたどり着くのを待って、李妃潤霞はていねいに一礼した。

「ようこそいらっしゃいました、陛下」

そのまま形式どおりの言葉をつづけようとすると肩をつかまれ、ぐいと引っぱられる。

「挨拶はいい、どうしてこんな所にいるのだ」

苛立《いらだ》つような、案ずるような口調。若い王は有無を言わさず、即位十二年目にしてようやく見つけた寵妃を室内へと連れ戻した。押しつけられた肩があたたかい。

潤霞は自分の体がずいぶん冷えていたことに気がついた。

明王がいそいで扉を開けると、中から暖かい風が流れ出てきて潤霞を包み込む。室内では主人の不在に気づいた侍女が困った顔であちこち探していたが、潤霞が明王と共に扉から現れると驚きの表情になり、次に怖れを浮かべた。

「火を。李妃の体が冷えている」

明王雪峰は侍女に歓迎の言葉も述べさせず、真っ先に李妃の世話を命じる。侍女は慌てて火鉢を引き寄せ、潤霞を椅子に座らせ、厚地の上衣をはおらせる。潤霞はされるがままになっていたが、侍女たちの慌てる様子に、また大事となってしまったことを悔やんだ。

「大丈夫か？　まだ寒いか？」

真正面からのぞき込んでくる瞳。明王雪峰は自分も冷えているであろうに一切かまわず、潤霞の身だけを気遣ってくる。その深い瞳を直視できず、潤霞は視線をそらした。

「大丈夫です。もう、あたたまりました」

「本当に？」

なおも信じられないという様子で、明王は潤霞のやわらかい頬に手をあてる。潤霞はその体温を感じて、血がのぼった。侍女たちの視線がしきりに気になる。

「本当に大丈夫です。故郷はもっと寒かったのですし、これくらいなんともありません」

それだけ言うのが、せいいっぱい。

「ならいいが……」

安堵《あんど》の中に、まだ一抹の不安を残して。それでも明王は潤霞から手を離した。

潤霞は頬に明王の体温が残る錯覚にとらわれる。

だが混乱している場合ではなかった。

「どうして、李妃の側にいない！」

そら来た、というように、今夜の当番であった侍女たちがそろって首をすくめる。李妃が黙って姿を消した時点で、叱責《しっせき》は覚悟せねばならなかった。

「あれほど、目を離さぬよう言いつけてあるだろう。李妃が風邪でもひいたら……！」

侍女たちは黙って頭《こうべ》を垂れて、嵐が過ぎ去るのを待つ。彼女らと明王は大差ない年齢だが、その身分の高低には天と地ほどの差がある。慌てたのは潤霞だった。

「待ってください、陛下。この人たちは悪くありません」

立ち上がり、明王の前に出て、自分と同年代の娘たちを背にかばう。もう、何度もくりかえされた光景だった。

「私がいけないんです。勝手に部屋を出てしまったから。少しだけのつもりで、夜風にあたりたくて、外に……一人になりたかったので、わざと誰も呼びませんでした。この人たちのせいではありません」

李妃に訴えられると明王は強く出られない。これまた何度かくりかえされた光景であり、けっきょくこの夜も、折れたのは明王だった。

「李妃がそう言うのなら……」

潤霞は肩の力を抜き、侍女たちもそろって胸をなでおろす。

「なにか、あたたかい物でもご用意いたしましょうか、陛下」

潤霞は王と侍女たちの間の気まずい空気を変えようと、つとめて明るい声を出す。が、明王は首を横にふった。

「いや、いい。酒と食事は本宮《ほんぐう》ですませてきた。今宵はもう、休みたい」

あらかじめ使者からも告げられていた内容だ。

「では、寝室のご用意を」

心得た侍女たちが隣室への扉を開いてその左右に立つ。明王は軽く首をふると、寵妃の肩を抱き寄せ、その扉にむかう。潤霞は彼の億劫《おっくう》そうな横顔が気にかかった。

「お休みなさいませ」

侍女たちがそろって頭をさげる。

寝室はもう、すべて整っていた。主二人が不在だっただけだ。

潤霞の背後で扉が閉じられ、灯りをおとされた空間に明王と二人きりになる。

「大丈夫ですか？」

潤霞は大きな寝台に腰をおろした若者に声をかけた。部屋はすでに充分あたためられており、隅に置かれた火鉢には朝までもつ量の炭がくべられている。

「なにが？」

「いつもより、お疲れのようです。どこか、具合でも……」

明王雪峰は笑って否定した。潤霞を自分の隣に座らせる。

「飲みすぎただけだ。今夜の宴は大臣の息子の婚礼祝いも兼ねていたから、長くなった。あやつめ、一人で嬉しがっていればよいものを、他人にまで飲ませようとするから……」

明王はひろい額を押さえながら、ぼやく。彼は酒が得意ではない。弱いわけではないが、強いわけでもないので、普段から酒量は自制しているのだ。

が、今夜はその自制を越えて強要されたらしい。まだ二十一歳の王は若く、それゆえ重臣たちにはどことなく軽んじられているふしがあった。大臣たちのほとんどが明王の父親同然の年齢となれば、いたしかたないことやもしれぬが。

おかげでなかなか退席できなかった、と明王が独り言のように呟《つぶや》けば、注意して嗅《か》がなければわからぬほどのかすかな酒の匂《にお》いがただよう。宴のあと、衣を替え、酔いが醒めるのを待って潤霞のもとを訪れたのかもしれない。

「会いたかった……」

と、明王は満足そうに、切なそうに妃の体を抱き寄せ、その細い肩に己の頭をうずめる。潤霞は逆らわず、若い王の背をそっとなでた。

明王の重さを上に感じる。

灯火が消え、部屋は薄闇に沈んだ。

闇の中、ふと、潤霞は目を覚ます。部屋は真っ暗ではない。赤く輝く火鉢の炭と、窓の外からさしこむ警備の炎がわずかに室内を照らし出している。

潤霞を両腕に包み込む形で、明王がぐっすり眠り込んでいた。

潤霞はその、しっかりと瞼《まぶた》が閉じられた寝顔をそっと見やる。

彼の顔を見つめるたび、己の運命の数奇さを自覚せずにはおれなかった。

一月前、あの金色に輝く丘の上で、潤霞は明王范雪峰に出会った。いずこかの武将と推測した若者は、潤霞と、潤霞の周辺すべてを束ねる国王だった。

本来なら、田舎の小娘など一生待っても関わることのない存在である。

だがいかなる偶然の結果か。潤霞は、辺境に視察に訪れていた王と出会ったのである。

潤霞の脳裏に、あの日、あのあとつづいた出来事が、ゆっくりとよみがえってくる。

明王との出会いのあと、潤霞はそのまま、あの辺り一帯を治める領主の城へ連れて行かれた。そこが王一行の逗留《とうりゅう》する場所だったからだ。

城につくと、内外は右往左往する家臣や兵士でいっぱいだった。明王は行く先も告げずに、城を出ていたらしい。彼が、いなくなった時とは比べものにならぬ駄馬にまたがった姿を現すと、兵も重臣も一様に驚きと安堵の表情に変化した。

が、同乗する見知らぬ田舎娘の姿には眉《まゆ》をひそめる。

有無を言わさず馬の背に引き上げられ、飛び降りることもできずにただ、どこに連れて行かれるのか不安に震えていた潤霞は、四方からそそがれる男たちの視線に、逃げ出したいほどの恐怖を覚えた。

けれどそれは、彼女をここまで連れて来た明王自身が許さない。

城内へ連れて行かれると、潤霞は、また見るからに高級そうな格好をした大人たちに取り囲まれた。

驚きに目をみはり、あるいは不審に目を細める家臣たちに何事かと問いつめられても、潤霞には説明のしようがない。ただ、自分の名と身元を答えるのでせいいっぱいだ。

明王の身分すら、彼らから聞かされてはじめて知ったくらいだった。

明王自身はここに至るまで、何一つ教えてくれなかったのである。

けれど、戸惑い、混乱し、泣きたいほどの不安に襲われて立ち尽くした潤霞を、その背にかばってくれたのも明王だった。

明王は、潤霞を丁重に扱えと命じ、王宮に連れ帰ると宣言した。誰の諫言《かんげん》も批判もうけつけない。

家臣たちもようやく、これが王の気まぐれなどではなく、本気でこの貧しい田舎の娘に心惹《ひ》かれての行為なのだと、理解する。するとそのあとは早かった。

あとで知ったのだが、范雪峰は二十一歳という若さにもかかわらず、これまで浮いた話が一つもなかった。正妃はいたし、それ以外にも正式に迎えた妃は複数いた。

一国の王の常として、美姫《びき》佳人を集めた後宮を抱えながらも、そこに足をむけることは皆無だったのである。かといって、後宮の外に親密な女がいるわけでもない。

この事実に重臣たちは十二年間、頭を抱えてきた。なんといっても一国の王である。後《こう》継《けい》の不在は国の存続に関わる。

重臣たちはあれこれ若い王の好みを推し量り、国中から娘を集めた。そしてそのたびに玉砕してきたのである。

そんな折、王が自分で、自分の見つけた娘を連れ帰って来たのである。

重臣たちは色めき立った。

すぐさま娘の周辺調査が開始される。怪しい出身の者ではないか、危険な身内を抱えてはいないか……。

同時に、重臣たちは潤霞を磨きたてはじめた。やっと現れた、王の関心をひく女人である。早々に飽きられないためにも、入念な手入れは欠かせなかった。

潤霞は空腹であったにもかかわらず、城の侍女の手によって頭のてっぺんからつま先まで丹念に汚れをおとされた。領主が用意した上等で美しい一揃《ひとそろ》いを着せられ、髪を梳《す》き、紐《ひも》と油で丁寧に整えられた。きらきら、灯火に輝く装飾品が目の前に運ばれてくる。

そのきらめきを目にした時、潤霞はいよいよ、これが夢だと確信した。

どう考えても現実の出来事とは思えない。貧しい田舎の娘であった潤霞にしてみれば、領主ですら雲の上の存在なのだ。ましてや、国王などと。

この美しい衣装や飾りも、とても潤霞の手に届く品物だとは思えない。

たしかに、村にいた頃は、いつか自分も美しい衣装で着飾る日が来ないかと、夢見たことはあった。だが今の自分の状況はそのような、少女なら誰もが抱く他愛ない憧《あこが》れとは次元が異なる気がする。

着替えさせられ、髪を結っていくつもの珠玉を飾った状態で先ほどの男たちの前にふたたび連れて行かれると、先ほどよりやわらかな反応がかえってきた。

悪くない、そんな様子でうなずきあっている。

だが潤霞はちっとも安心できなかった。

この、今は落ち着いて見える男たちがいつ、態度を豹変《ひょうへん》させて潤霞を叩き出そうとするか、ちっとも読めない。そしてそのほうが、はるかに現実的で妥当な未来に思われた。

どうすればよいか皆目見当もつかず、立ちすくんでしまった潤霞に、手を差し出してくれたのは明王、その人だ。

范雪峰はしみ入るような笑みを浮かべて潤霞に歩み寄ってくると、まるでそれが壊れやすい宝物であるかのように彼女の手をとり、自分のほうへと引き寄せた。

そして重臣たちには聞こえない、潤霞の耳にだけ届くひそやかな声で、潤霞にささやいたのである。

「大丈夫だ」と。

「私が守るから」と——。

潤霞の運命を変えた、当の張本人だった。

けれど、潤霞には彼以外、この場で頼れる者がいそうになかった。

潤霞は唇を引き結び、せりあがってくる不安を必死でこらえた。

寝台の明王が身じろぎする。目を覚ます気配はない。夢でも見ているのだろうか。潤霞は明王を起こさないよう、そっと動いて、ずれた毛布を彼の肩にかけなおす。

彼の寝顔を見つめつづける潤霞の心は、追憶の旅をつづけた。

城に連れて行かれ、着がえさせられたあと、潤霞はようやく遅い夕餉を与えられて、客用の一部屋で休まされた。夕餉も部屋も、潤霞がはじめて見るような、きれいで贅沢《ぜいたく》な光景だったが、その美しさを楽しむゆとりはない。

まんじりともできずにやわらかい寝台の上で寝返りをくりかえし、気づくと朝を迎えていた。赤と金が濃く混じった陽光を直接目にしても、周囲の景色は変わらない。昨夜の出来事は現実だと、無言で主張してくる。

途方にくれている間に侍女が入室してきて、新しい衣装に着替えさせられた。朝餉が運ばれ、侍女に見守られての息苦しい食事を終えると、広間としかわからない場所に連れて行かれる。そこで見覚えた顔を見つけ、思わずすがりつきたい衝動に襲われた。

潤霞の村の村長だった。

重臣たちは昨夜のうちに潤霞の村に馬を走らせ、村長を叩き起こして朝一番に呼び寄せたらしい。潤霞に身寄りがない事実が彼の口から説明されると、ひとまず安堵したようだった。

権門の後見がいないということは、召し上げた娘の実家が権力の中枢にからんでくる心配がないということだ。ただの貧しい田舎娘なら多少扱いが雑になっても、文句を言ってくる者もいない。

呼び出された村長は、自分の村の娘にふってわいた出来事にひたすら驚き、事情を説明する重臣と、その場に立ち会わされた潤霞、そして上座に腰をおろした国王だという若者の顔を見比べるばかりだ。

その老いた顔に、どれほど自分を連れ帰ってほしいと願ったことだろう。

しかし村長は、李潤霞はもう村の住人ではなくなったと言われても、ただ「へえ」とうなずくだけで、もう用はないと言われるとあっさり帰り支度をはじめてしまった。

潤霞は勇気をふりしぼって、村に戻りたいと、そばにいた重臣の一人をつかまえて頼んだ。王宮の役人である。学のない田舎の娘にも、両者の間にどれほどの身分と権力の差があるか、漠然と推し量ることはできる。不興を買えば処罰だってまぬがれないだろう。だがあそこは潤霞の生まれ育った場所であり、父と母の眠る土地だ。彼らと暮らし、少ないが彼らの使った品も残る家がある。

このまま離れるということは、絶対に受け容れられなかった。

だが潤霞の希望は、はねのけられた。重臣たちは一介の小娘より、一国の王の予定や彼らの都合を優先した。「王が潤霞を望んでいる」、その事実がなにより重要だったのである。

その後、明王は視察のつづきのため、兵や重臣の一部と城を出ていたが、彼の留守の間だけでも村に戻ることは許されなかった。

いつ明王が戻ってきても、すぐ出迎えられるように。ただそれだけのために、潤霞は領主の城に留められたのである。そして明王の帰還に伴い、自分も王都に連れて行かれるのだと宣告された。

潤霞は与えられた部屋のやわらかい敷物の上に、手と膝《ひざ》をついた。泣くこともできなかった。なんとかしてこの状況から逃れなければ。飢えるように、それだけを考えていた。

その晩、夕餉のあとで潤霞は明王がくつろいでいた部屋に呼び出された。気づけば丸一日、顔をあわせていなかったことになる。

明王は純粋に、潤霞と話をしたかったらしい。侍女や侍従をさがらせ、なにか不自由はないかと潤霞にたずねてくる。潤霞はその言葉に飛びつくように、「村に帰らせてください」と頼み込んだ。

わずかな間でいい。家に戻り、心を落ち着ける時間が欲しい。そうしなければ、このまま不安に押《お》し潰《つぶ》されて心臓が止まってしまう気がする。

未知の場所と、見えぬ未来に怯《おび》える潤霞にはどうしても、あの場所に戻ることが必要だったのである。

「王都に行くのは——嫌か」

咎《とが》めも怒りも含まれない——むしろ悲しげにも聞こえる声音《こわね》に、潤霞は少し躊躇《ちゅうちょ》する。

「そう……ではありません。ただ……あそこは私の故郷です。ずっと住んでいた所なんです。少しでいい、帰らせてください。せめて、両親の墓に参らせてください」

潤霞は額を床にこすりつけんばかりに平伏して言った。明王は驚いて潤霞の顔をあげさせようとする。

「墓？　両親の墓か？　そういえば死去していたのだったな……」

明王は潤霞の肩に手を置いたまま考え込んだが、わずかな間だけだった。

「わかった。いったん、戻るといい。今から行こう」

潤霞は明王を見た。若い王は目の前の娘を案じる——それ以上の深さで潤霞を見つめている。

「気づかなくてすまない。今から村に戻ろう。私が送って行く」

その言葉の意味を反芻《はんすう》する間もなく、潤霞は明王に手を引かれ、気づくと馬屋で明王の馬に乗せられ、彼の手綱で走り出していた。

二人で夜の遠駆けに出るのは二度目だ。最初と異なるのは、馬が農耕用ではなく、鍛えられた軍馬であるということか。むろん、馬番や警備の兵たちが気づいて血相を変えたが、明王は頓着《とんちゃく》しなかった。

星空の下、暗い空と青い草原の間を一頭の馬が二人の人間を乗せて疾走する。村に帰りたいと言いはした潤霞だが、明王のこの行動力には呆気《あっけ》にとられるばかりだ。明じき、近衛《このえ》らしい武人を乗せた馬が数頭、追いついてきて城への帰還を求める。が、明王は耳を貸さず、近衛たちもあきらめて王のあとにつづいた。

夜半も過ぎた頃、一行は村の手前に到着した。村は静まりかえり、月と星の光で粗末な家々の屋根がわずかに浮かびあがるだけだ。明王は潤霞の指示どおり村を迂回《うかい》して、村の背にひろがる丘陵地帯へ駆けあがる。

洪水で流されるのを避けるため、代々村の人間は高台に葬られてきたのだ。

馬を降りた近衛が松明を焚く。赤い光のむこうにいくつもの土の盛り上がりをみつけると、潤霞は堪えきれずに駆け出し、覚えのある二つの盛り上がりの前に手をついた。花を供えようと思ってそのままになっていたことを、ようやく思い出す。

しばらく潤霞は泣きつづけた。こらえようとしても涙が次から次へとあふれ出て止まらない。声は出さなかったが、明王は気遣って近衛と共にその場を離れてくれた。

やがて夜が白みはじめた頃、潤霞の涙もようやくおさまる。二晩つづけてまともな睡眠をとっていない目もとは熱を帯び、喉《のど》も渇ききっていたが、ようやく気を落ち着けることができた。

土を踏む静かな足音が背後に近づく。

「……もういいか？」

墓の前に座り込んだ潤霞が怯えたように肩を震わせてふりかえると、昨夜の衣装のままの明王が、視線の高さを合わせるように彼女の前に膝をついてきた。

「正式に話を申し出さず、事態だけを進めてしまったことは謝る。だが、私と王都に来てほしい。私にはそなたが必要だ」

真っ向から言われて潤霞は戸惑う。目の前の、国王だという若者の表情は真剣で、悪意や冗談は微塵《みじん》も感じられない。こちらを見つめてくる瞳はひたむきで、悲しみにも似た深

さすらある。

その深さが潤霞の心をそっとゆさぶった。

が、一方で、未知の相手と未来に対する不安が色濃く渦巻いているのも事実だ。

明らかに戸惑っている——むしろ消極的な拒絶さえ見せる娘に、明王はぽつり、呟く。

「——私も親がいない」

潤霞は明王を見た。

「そなたの両親より八年早く、黄泉《よみ》へ旅立った」

明王の視線は潤霞の背後の盛り上がりに注がれている。その視線を戻し、明王は再度、潤霞に求めてきた。

「そなたに嫌な思いはさせない。なにがあっても、必ず私が守る。両親と離れたくないのであれば、王宮に、そなたの両親を奉る廟《びょう》も建てさせよう。なにも不自由はさせない。だから私と来てくれ。私にはそなたが必要なのだ」

一途な二つの深い瞳。朝の最初の光に照らされて、それがゆっくり露になっていく。

清らかでまだ薄い、その光の中で見つめた彼は、雫《しずく》のしたたる透明な氷柱《つらら》のように澄んで、けれどとても脆《もろ》い存在に見えた。

潤霞は迷う。迷いぬいた。

ふりほどけない。そう思った時点で負けだった。

そろそろと、地面についていた手を持ちあげる。

若者が、ほっとしたように相好《そうごう》を崩す。

心からの笑みだった。

……そうして、未来への不安にも未知のものに対する怯えにも、すべて耳をふさいで、潤霞は王の手をとってしまったのである。

彼女の選択を祝福していたのか、それとも明王の喜びに同調していたのか。

明王の手を借りて立ち上がった丘は、空の水色と朝陽の金色がことのほか美しかった。

その晩、潤霞は領主の城で明王と共に休んだ。見えない不安に背を押されるように、あるいはそれをふりほどくために、彼にしっかりとしがみついた。


三日後、潤霞は明王とともに領主の城を離れ、王都へと旅立つ。七日間の旅程の末にこの国の中央にたどり着き、この国でもっとも豪華で高貴な場所——王宮の、もっとも華やかな位置——後宮で、住む場所と呼ばれる名を与えられる。

衣装も飾りも世話をする人手も、暮らしに必要な日常の品物はすべて、ありとあらゆるものが明王の手と力によってそろえられ、親族が役人として王宮に召し上げられる。

明王は毎日のように後宮を訪れ、民は物語のような李妃の話を面白がり、街中のいたるところで劇的な運命に恵まれた佳人の美しさが、あれこれ尾ひれと共に想像される。つられて、そのような物語を紡いだ王への好感さえ上昇したほどだった。

潤霞より先に後宮で暮らしていた女たちは、そのような話を耳にするたび地団駄を踏んで悔しがり、けれども明王の寵愛を奪い返すこともできず、ただ李妃の棟を恨めし気ににらみつけるしかない。

灯りの消えた寝台の上で潤霞はまばたきした。睡魔が忍びよっている。もう少ししたら、また眠りの淵《ふち》に沈むだろう。

そしてふたたび、この寝台の上で目が覚める。

この場所で目覚めるようになって、何度朝を迎えただろう。そのたびに潤霞は、これまでのすべてが夢だったのではないかと疑い、おそるおそる瞼を開くのだ。

潤霞が明王に連れられて領主の城に足を踏み入れた時、出迎えた男たちの、不審な者を見やる警戒と詮索《せんさく》のまなざし。潤霞はそこに「ここはお前などが入れる場所ではない」という無言の拒絶感じ、それはけして気のせいなどではなかっただろう。

あの時、感じた重い不安は、今も潤霞の胸の浅いところに沈んで、軽い刺激をうけるたび、たちまち浮かびあがってくる。

だからこそ潤霞は今、自分が存在し、感じているすべてのものが現実であると、いまだに信じきることができずにいた。

ただ、荒唐無稽《こうとうむけい》で贅沢な、長い夢を見ているだけ。瞼を開ければ、そこには今までと同じ、田舎の村の平凡な暮らしが映っている。朝がくるたび、そう疑いながら目を開く自分がいる。

結果はいつも同じ、王宮の中の後宮の一部屋、侍女にゆり起こされての起床だった。

潤霞は瞼を閉じる前に、目の前の明王の肩に自分の額を近づけ、その熱を確かめようとする。

これが現実であると、実感したかった。

三　後宮

その日、朝餉《あさげ》のあとは礼儀作法の時間だった。年配の女人《にょにん》が李妃《りひ》の棟を訪れる。江《こう》夫人のような外からの人間ではない。妃《きさき》たちの小間使いなど、下級から後宮に入った娘たちに王宮の作法やしきたり、上流の物腰を叩《たた》き込《こ》むのが役目の、後宮に在籍する女官だった。

潤霞《じゅんか》にもさっそく鋭い指摘が飛んでくる。

「李妃様。何度も申しあげますが、立ち居振る舞いは、どうぞ優雅に。お立ちになられるにせよ、お座りになられるにせよ、良家の姫君はゆったりと、ただようように動かれるべきなのです。急《せ》いてはなりません」

そこがわからない。

一日は限られた長さだというのに、何故さっさと動いてはならないのだろう。しなければならない仕事は山ほどある。のんびりしていたら日が暮れてしまうではないか。

「お妃様は、家事や野良仕事をなさる必要はございません。陛下のお心を魅了し、お慰めしてさしあげることが仕事です。そのためには、優雅な所作が欠かせないのです」

そう説明されて首をかしげていた潤霞だが、後宮の生活に慣れるにつれ、女官の説明もなんとなく理解できるようになってきた。

つまり身分高い姫君というのは本当に、『仕事』をする必要がないのである。

農作業はむろん、炊事も洗濯も掃除も、食事や化粧や着替えですら世話を焼いてくれる侍女たちがいる。「きつい労働をする必要がない」というのは深窓の証であり、一種の名誉ですらあるのだろう。

彼女らは国王に気に入られてその寵愛《ちょうあい》を受けることが役目なのであり、強《し》いてあげるなら読み書きや歌舞音曲といった手習いが労働の代わりなのだ。

だから姫君たちはその育ちや地位の証として、労働には不向きなゆったりした動きを心がける……というのが潤霞の出した結論であった。

が、理屈は理屈として、十八年間身に染みついた動きは、そう容易《たやす》く改善されるものではない。習いはじめの頃《ころ》はしばしば、あちこちの筋肉の痛みに悩まされた。

それでも潤霞は不満も言わず、黙って練習をうけいれる。

実際に後宮に足を踏み入れてみれば、そこにいるのは息を吸うように『優雅な』振る舞いが身についた姫君ばかり。自分一人、そこを外れるのは、年頃の娘としてはいかにも恥ずかしかった。

それからいくつか、王宮内における年中行事について講義を受けると、次は琴の時間だ。これは三日に一回、指導の者が後宮の外から訪れる。

他にも歌や踊りを交互に習い、ようやく昼餉の時刻になると、午後からはたいてい自由な時間だった。

年の暮れも近づいた真冬だが、雲のない青空からふりそそぐ太陽の光はあたたかく、冷たい風も吹くことを遠慮しているかのような陽気だ。「散歩日和」とでもいおうか。

潤霞は侍女たちと共に外に出た。本当は一人がいいのだが、単独での外出は、李妃の身の回りに責任を持つ女官がいい顔をしない。先日、うっかり外に出て侍女たちに迷惑をかけた夜のこともある。

だから侍女を連れての外出は、潤霞にとっては一種の妥協案であった。

まず、後宮に奉られた廟《びょう》を詣《もう》でる。

明王《めいおう》は本当に約束を守ってくれた。

本来ならば、後宮に仕えた女のみが奉られる廟に、潤霞の両親も加えてくれたのである。

過ぎた寵愛だと陰口を叩かれていることを承知の上で、潤霞は明王に感謝していた。村を離れた今、潤霞が村とそこでの暮らしを思い出すよすがは、ここだけなのである。

香を焚《た》き、じっくりと祈りを捧《ささ》げる。

それから廟を出て自由な散策を提案すると、娘たちはきゃっきゃと声をはずませた。

「今の時季でしたら、庭園の西側の山茶花《さざんか》が見頃ですわ」

侍女の一人が提案する。潤霞も特に迷うことなく、のった。衣や宝玉といった高級品に対してはまだ抵抗があるが、草花の美しさは単純に感嘆していればすむ。田舎の、自然に接して育った潤霞だが、王宮にははじめて目にする植物がいたるところに植えられており、その華麗さは、潤霞に気兼ねなく感激させる数少ないものだった。

冬の庭園を華やかな色彩と声音《こわね》の一行が移動する。冬枯れの枝、地面の茶、池の緑、連なる石畳の黒、常緑樹の深緑の中を、ゆっくり進む色とりどりの衣装の娘たちは、彼女ら自身が一つの花のようだ。

行く手にも、庭のあちこちに腰をおろして談笑する女たちの姿があり、潤霞は彼女らの姿を目にするたび、こっそりその身なりや物腰に注意をはらう。

衣装と飾りの合わせ方や、上品に見える所作とはどのようなものか、実際に見比べたほうがわかりやすいのだ。おかげで最近は、妃たちの中でも特に高い家柄の者と、そうでない妃の区別が、漠然とだが見分けられるようになってきた。

侍女の先導に従い、ゆっくりと歩を進めて行く。横を見ると、少し離れた位置に頭《こうべ》を垂れながら彼女たちが行き過ぎるのを待つ女たちの姿がある。

自分より年齢が上で、身分もはるかに上であろう彼女らが、そうやって身分も年齢も下の自分に頭をさげつづける姿に、なんと表現すればいいのかわからない気持ちを抱えたまま、潤霞は彼女たちの前を通り過ぎた。

やがて侍女の言う、山茶花の美しい一角へと到着した。花は確かに今を盛りと咲き乱れていたが、別の花々も咲いていた。

「まあ、李妃様」

山茶花の根本から女たちが立ちあがる。庭石に腰をおろして談笑していたらしい。察するに、正式に妃の位を得ている女人のようだった。供をしていた侍女の一人が、彼女らの名前と身分を簡潔に主人の耳もとにささやき、その推測の正しさを裏付ける。

「李妃様にはご機嫌麗《うるわ》しく」

三名の、おそらく年齢も身分も潤霞より高いであろう女が、いっせいに頭を垂れた。

「ごきげんよう、みなさま」

潤霞もすかさず、ようやくなじんできた挨拶《あいさつ》の言葉を口にする。それに侍女がつづいた。

すると侍女たちの中から、ずいと一歩踏み出す者がいる。

「お妃様方には、ご機嫌麗しく。ご歓談のところを申し訳ございませんが、今日は李妃様が山茶花をご所望です。みなさまには場をお譲り願えないでしょうか」

自分とさほど年齢の変わらぬ娘の「自分たちが優先されて当然」と言わんばかりの態度

に、主人である潤霞のほうがぎょっとする。要求された女たちは表情を変えもしない。

「もちろんですわ。さあ、どうぞ」

「私どもはこれで失礼させていただきます」

いそいそと左右に場所をゆずる女たちの対応に、潤霞のほうが慌てた。

「いえ、どうぞ、そのままで。私たちが失礼します」

踵《きびす》を返そうとする李妃に三人の妃たちはおっとりと、あるいは驚いたように誘う。

「まあ、李妃様。どうぞご遠慮なさらずに」

「そうですわ。私どももちょうど、場所を変えないかと話していたところでしたの」

「山茶花は今が見頃です。是非、堪能なさってくださいな」

その言葉が本心なのか演技なのか。見分けがつかないから恐ろしい。

「いえ、本当に私たちは……」

「よろしいではありませんか、李妃様。みなさま、譲ってくださるとおっしゃられるのですから。お言葉に甘えさせていただきましょう」

拒否する潤霞にうながしたのは、「譲れ」と言った侍女だった。彼女の左右で、何人かの娘たちも同調するようにうなずく。

けれども彼女らが勧めたからこそ、潤霞はかえってきっぱりと断る気になった。

「いえ、私たちのほうがあとから来たのですから、お邪魔してはいけません。別の所に行きましょう。失礼いたしました」

潤霞は妃たちに一礼すると、侍女が止めるのも待たずにその場を離れる。娘たちは慌てて主人のあとを追いかけてきた。

「何故ですか、李妃様。せっかく山茶花が……」

追いすがり、訊《たず》ねてきた侍女は先ほど場を譲れと要求した娘、妃たちの厚意に甘えようと勧めた侍女だった。

潤霞はようやく思い出す。そういえば、あの場所を提案したのもこの娘だったか。つまりこの娘は、自分が提案した場所の美しさを潤霞に見せることで、己の選択の正しさを主人に認めさせたかったのだろうか。

潤霞は頭一つふって、そのような勘繰りを追い払おうとする。

「あの方々も花を楽しんでいたのでしょう？　なら、後から来て、それを邪魔するような真似をするのは良くないと思うのです」

「まあ、李妃様」

「なんてお優しい」

目を細める娘もいたが、件《くだん》の侍女はなおも食いつく。

「そんなこと、お気になさる必要はございませんわ。李妃様はこの後宮で、もっとも明王陛下のご寵愛をうけられる御方、誰が李妃様の願いを拒むことなどできるでしょう。むしろ喜んでご命令に従うでしょう」

娘の言い分に、潤霞は途方もない徒労感を覚えながら、無理やり言葉をつむぎ出した。

「そういうやり方は良くないでしょう。あの方々のほうが身分もお年も上で、ここでの暮らしも長いのですから。ならば、相応の礼儀を尽くさなくては」

「でも……！」

「それに」と潤霞は伝家の宝刀を抜くことにした。

「明王陛下も、そのようなやり方は好まれないと思うのです」

侍女は押し黙った。潤霞は内心で胸をなでおろす。

「明王陛下のご命令」あるいは「陛下のご意向」、こう言えばたいがいのことは融通がきく。妃付きの侍女とはいえ、彼女らも明王に仕える身には違いないし、潤霞がこういう言い方をすれば、国王の寵妃が国王の意や好みにそった対応をとりたがっているということで、周囲も納得させられる。

押し黙ってしまった侍女をなだめるように、ぎこちなくなってしまった空気を変えるため、潤霞は明るい声を出した。

「山茶花は残念ですけれど、次の機会を待ちましょう。今日は別の場所にしましょう。誰か、他のお勧めをご存知ありません？」

途端、侍女たちが次々と声をあげた。

「それでしたら、椿《つばき》の美しい北側の庭が」

「南側では、菊がいっせいに咲いております。それは見事ですのよ」

「花ではございませんが、東の四阿《あずまや》はいかがでしょう？　少し高台になっているので、王都の外の山の紅葉がよく見渡せましてよ」

「紅葉なんて、もう終わりじゃないの。引っ込んでいなさいな」

「なんですって？」

「まあまあ」

剣呑《けんのん》になりかける娘たちを、主人である潤霞がなだめる。とりあえず潤霞は一番近いという理由で、彼女らの提案の中から一箇所を選んだが、けっきょくそのほとんどを歩いて回ることとなった。

昼下がりの、のどかな一時。どの場所も、明るい陽光と美しい景色に惹《ひ》かれてやってきた女たちに占領されていたからである。

侍女たちはむろん、潤霞自身もさすがに足が痛みはじめる。とにかく、どこか一息つける場所はないか。

そんな気分で、東の大きな池のほとりにたどりつくと、青い空を映した緑の池のほぼ中央に、石の床と柱を持つ四阿が浮かんでいた。

四阿は大きく、十人がゆうに座れる広さがある。ただしそこも先客に占領されていた。が、ここは最初のように場所を要求することはできなかった。

「あら」

談笑していた女の一人が気づいて声をあげる。すると他の女たちもこちらに気がつき、一番良い場所に座っていた一番豪華に着飾った女に何事かささやきかけた。

女がこちらを見やる。

「周正妃《しゅうせいひ》様にございます」

一番年かさの女がすばやく潤霞の耳にささやいたが、言われずとも、潤霞はその正体を悟っていた。宴ではいつも見かける顔である。

周正妃美蘭《みらん》。明王范雪峰《はんせっぽう》の正妃であった。


「ごきげんよう、李妃様。よいお天気ね」

戸惑う李妃の一行に、声をかけてきたのは正妃その人だ。口調は明るく、軽やかですらある。一方で甘く愛らしい、非常に少女的な声質でもあった。

「周正妃様には、ご機嫌麗しく」

潤霞は殊勝に頭をさげる。侍女たちもそれに倣《なら》い、主人の腰の低い対応に反発することはない。

なんといっても、相手は正妃。この後宮の主であり、妃たちの頂点に立つ女人だ。

くわえて周正妃の父親は現宰相《さいしょう》である。周宰相は、ただ一人授かった娘を掌中の珠のごとく慈しみ、万難を排して後宮に入れ、ついには後継ぎを産みもしないうちから、正妃の座に押し上げてしまったほどの実力者である。

そうでなくとも、夫の愛を横取りされた正妻が、それを奪った女にどのような感情を抱いていることか。

周正妃の怒りを買えば、それは彼女の背後にいる父親の怒りも買うことになるだろう。当の周正妃は娘たちの危惧《きぐ》を察しているのか、いないのか、鷹揚《おうよう》に潤霞たちを誘った。

「よかったら寄っていきません？　美味しいお茶菓子がありましてよ」

周正妃は自分の侍女たちに手で合図して、座っていた石の椅子《いす》から立ち上がらせる。やはり石造りの横に長い台の上には、小さな茶碗《ちゃわん》や菓子を盛った盆が並べられていた。

「ですが……」

「新しい話し相手がほしいところだったのよ。少し寄っていってちょうだいな」

周正妃はひらひら手をふって、潤霞たちを招く。長い袖《そで》がめくれ、細い手首や玉の腕輪はもちろん、白い腕の半分ちかくが露《あらわ》になる。

潤霞や、潤霞の背後の侍女たちも戸惑ってしまうほど、気安い態度だった。少なくとも夫を奪われた妻の、奪った女に対する態度ではない。

潤霞は救いを求めるように、侍女たちの中でも特に年長の、後宮での暮らしが長い女を

見やった。彼女も難しそうな表情をしていたが、李妃を見て重々しくうなずく。「行こう」という意味であろう。

潤霞は覚悟を決めた。正妃にこれだけ誘われれば、固辞するほうが無礼になる。国王の関心はともかく、妃としての地位や実績、後見の強さは相手のほうがはるかに上なのだから。

その事実を常に自覚していた潤霞は、意を決して一礼した。

「それでは、お言葉に甘えさせていただきます」

潤霞は四阿へと歩み寄る。他の侍女たちもあとにつづいた。

周正妃の侍女たちは主人に一番近い席を李妃にゆずり、周正妃を主とする者と、李妃に仕える者とで台の左右にわかれる。

脂粉《しふん》の香りがただよう。この正妃とこんなに間近に接したのは、今日がはじめてであった。李妃に見つめられてにっこり笑った周正妃は、充分すぎるほど愛らしく華やかな女人で、全身を飾る珠玉も抜きん出て上等な品々ばかりだ。

ぎこちない空気もなんなく破ってしまう。

「さ、お菓子をどうぞ。ちょうどこの角度からが、外の山の紅葉がよく見えるのよ。ほら、あそこ」

明るく邪気のない口調。周正妃の話し声に合わせて、指輪や腕輪を飾った手がひらひら動く。その動きにせかされるかのように、周正妃付きの侍女が新しい茶碗を並べて茶色い液体を注いでいく。

　冬の大気にやわらかな芳香とあたたかい湯気がただよった。

「さ、どうぞ」

　自らも新しい一杯をうけとりながら、周正妃は潤霞と彼女の侍女たちに茶をすすめる。

「父がよく寄越してくる茶葉なのだけれど、苦味が強くて私は好きではないの。だからこんな風に、大勢の人と飲む時に出すようにしているのよ。そのかわり、お菓子はうんと甘い物を用意させてね。だから李妃様も、たくさん飲んでちょうだいな」

　いたずらっぽい光を宿した瞳が茶目っ気たっぷりに片方、つぶられる。ころころと言い放った口調と表情に悪気は微塵《みじん》も見あたらない。

　茶碗に口をつけている最中に話しかけられて、どう返答すべきか焦った潤霞だが、周正妃はかまわず話を進めていく。

「お茶はね、たしかに高価だとは思うのよ？　でもねぇ、高級でも美味しいものと美味しくないものとがあるでしょう？　珍しくても、美味しくなければ食べたくないわよねぇ。というより、私は、美味しくないから食べる人が少なくて、だから売られる数も少ないんじゃないのかと思うのだけれど。世の中、そこがわからない人が多いのよねぇ。とにかく、珍しければいい、高い値段がついていればそれでいいって、勘違いしている馬鹿《ばか》な人たちがたくさんいるのよ。私の父もその一人で。何度、これは要らないって伝えても、懲《こ》りずに届けてくるの。皆と飲めばいいだろうって言って」

「それは……お優しいお父上ではありませんか？」

「全然。要は、我が家の娘はこんなに高級なものを飲んでいるんです、我が家はこんなに裕福なんですって、さりげなく自慢したいだけなのよ。見栄よ、見栄。体面」

周正妃はつまらなさそうに小さな茶碗を置く。おそらくは王都の職人が腕によりをかけて焼いた高級品と思われるのに、周正妃の手つきときたら、酒杯を重ねる村の男たちと大差ない。

潤霞は内心で目を丸くし、おおいに尻込《しりご》んだ。

周正妃は、宴が開かれれば必ず見かける女人だ。そこでの周正妃はいかにも優雅で華やかで、自分よりはるかに年長の大臣たちを前にしても、けして臆《おく》することはない。

その堂々とした態度は華美で豪奢《ごうしゃ》な装いとあいまって、名門の姫君とはこのようなものかと、いつも潤霞を感心させせも圧倒させもしていたというのに。

よもやこのような人柄であったとは。

ましてや周正妃は現宰相の一人娘。名実共に深窓育ちの、どれほど上品であっても当たり前の身分のはずなのに。

そっと視線を移動してみると、周正妃の侍女たちは一様に呆《あき》れた様子で黙って茶碗の始末をしている。どうやら主人のこのような態度には慣れっこのようだ。慌てるのをとおりこして、諦《あきら》めている気配さえ伝わってくる。

潤霞は肩の力が抜けていくのを感じた。

「ところで」と周正妃が突然、話題を変えてきた。

「李妃様は西の田舎の出身だったわよね？」

「え、ああ、はい」

突然、核心ちかくに矛先を突きつけられた潤霞は、自分の出自——下層の身分について何事か口にされるのかと、抜けかけていた力が瞬時に戻って来る。周正妃は身をのりだしてたずねてきた。

「西の田舎では、未婚の男女が口吸いをする祭りがあるというのは、本当？」

「……は？」

「その祭りでは、未婚の男女全員が列になって、順番に唇を重ねていくって、聞いたことがあるわ。そうやって、一番気に入った相手を選ぶのだって。だから口吸いの巧みな男は、女たちの間でとても人気があって、男は普段から口吸いの練習をしているとか……」

「そんなの、でたらめです!!」

潤霞は悲鳴のように否定した。

「た、たしかに、私の村でも、祭りは毎年ありましたけれど……そんな儀式はありません。他の村にだって……少なくとも私は、聞いたことがありません」

身をよじりたくなるような恥ずかしさの中で、それでも断固否定する。「なんだ、つまらない」と周正妃はあっけらかんとしたものだった。

「西ではそれが、古い慣わしだと聞いていたのに。ご存知？　東では、若い男女が共に泳ぐ祭りがあるのよ。夏の行事なのだけれど、結婚が決まっていない男女が集まって、みないっせいに、白い単衣《ひとえぎぬ》一枚で川に浸かって……」

「正妃様!!」

とうとう、周正妃の侍女たちの中でも、もっとも年長の女が声をあげた。中年というより老年の域にさしかかった女だ。若い娘たちも恥ずかしげにうつむいたり、視線をそらしたりしている。

潤霞は呆然《ぼうぜん》としてしまったし、潤霞の侍女たちもどのように対処すべきか、見当もつかない様子だった。

「申し訳ありません、李妃様。周正妃様はその、お話し好きなのですが、少々、事実と作り話を区別なさらずに鵜呑《うの》みにされてしまうところがおありでして……」

わざわざ席を立って潤霞のもとに弁解しに来たのは、周正妃側の侍女の一人だった。この女もけっこう年齢がいっている。その分、周正妃との付き合いは長いのかもしれない。今、正妃の妄言を叱《しか》りつけている老女同様。

「まったく、はじめてお話しされるお相手に、なんと下品な話題を！　あれほど常日頃から、出所の知れぬ怪しい話を信用してはなりませぬと、お教えしておりますのに！　正妃といえば、この後宮ですべての女人の範となられるべき存在。それなのにお客様に対し、このような無礼で恥知らずな行為をされるとは！　このような失態が、お父君であらせられる宰相様のお耳に入られたら……!!」

「お父様にいちいち告げ口しているのは、あなたでしょう。面目が潰《つぶ》れるっていうなら、黙っていればいいじゃない。それを自分でばらしているんだもの、自分で自分の首を絞めているだけじゃない」

いかにも生意気かつ、つまらなそうな周正妃の反論に、老年の女はとうとう怒鳴る。

「正妃様!!」

「はいはい、もうけっこう」

老女のこめかみにうかんだ怒りを、若い正妃は投げやりに手をふって流す。その光景に潤霞の口許はわれ知らずゆるんでいたし、潤霞の侍女たちの間からも忍び笑いがもれだしていた。

「御覧なさい、李妃様たちもお笑いになっているじゃないの。いい年齢《とし》をして、いい加減みっともない真似はおよしなさいな」

いつのまにか立場が逆転している。甘い、どちらかといえば幼いとすらいえる声質が、すました口調で年配の侍女をたしなめるのを聞いて、もう堪えられぬとばかりに周囲からどっと笑いの爆発が起こった。

年配の侍女は顔を真っ赤にして二の句が継げず、その場に立ち尽くす。その隙《すき》に周正妃はさっさと、懲りずに潤霞に質問をつづけた。

「ねえ、本当にないのかしら、そういうお祭り」

「ありません……」

としか、潤霞は答えようがない。

「おかしいわぁ、絶対確かな話だと、聞いていたのに」

「いったいどなたから、そのようなお話をお聞きになられたのです?」

潤霞に弁解しに来た侍女が問いただす。

「左将軍の伯陽《はくよう》様よ。西の地方に駐屯していた折に、そのような祭りを見たとおっしゃっておられたの」

「あの方のお言葉は、話半分にお聞きくださいと、あれほど……」

侍女が頭痛をこらえる表情になった。その様子に周正妃の若い侍女たちは、くすくすと笑みをこぼす。どうも、周正妃と彼女の侍女たちのこのようなやりとりは、日常茶飯事のようだった。

「伯陽様とおっしゃられるのは?」

潤霞がそっと背後の侍女にたずねる。侍女も声をひそめて主人に応じた。

「范伯陽様、明王陛下のお従兄弟《いとこ》君にございます。左将軍を務めておいでですが、今は国境の警備で王宮を離れられているので、李妃様はまだ、お会いになられておりません」

「ねえ、それでは田舎では、どのような祭りがあるの？　口吸いか、似たような面白い儀式のある祭りはないかしら？」

侍女との会話をさえぎるように、周正妃が潤霞に水を向けてくる。美しく化粧をほどこされた顔がずいと、気安いほど近くに迫ってきた。

たしか周正妃は明王より一歳年長の、二十二歳のはずだ。しかし目の前で潤霞の返答を待つ女人は、期待にきらきら瞳を輝かせる、村の同年代の娘たちとなんら変わるところがない。

潤霞もいつのまにか、立場と境遇を忘れて苦笑を浮かべていた。それほど、周正妃の好奇心いっぱいの笑顔には、無邪気で親しみやすい魅力があふれていた。

「似たような儀式のある祭り……というのは、聞いたことはございませんが。あ、でもその、祭りと口吸いに関することでしたら……」

「まあ。心当たりがあるの？」

周正妃の後ろで先ほどの年配の侍女が口をはさみかけるが、周正妃は頓着《とんちゃく》しない。

「心当たりというほどではございませんが、伝説を知っています。恋人たちにまつわる、新年の祝いの伝説なのですけれど」

潤霞は村で聞いた話を思い出しながら、ゆっくり言葉を紡ぎはじめた。

「昔、それは愛しあっている恋人たちがいました。二人の実家はとても仲が悪く、恋人たちは人目をさけて逢瀬《おうせ》を重ねていたそうです。けれど」

周正妃が身を乗り出す。

「ある日、娘のほうに縁談が持ち込まれるんです。相手は裕福な家の跡取り息子だったので、娘の両親は即座に話をまとめました。一方、娘の恋人も、村にきた要請にしたがって、戦《いくさ》に赴かなければならなくなります」

そこここから息を呑む気配が伝わる。

「やがて戦は終わりましたが、恋人は戦死したという知らせが届いて、娘は泣きます。その一方で、婚礼の日まで毎晩こっそり、恋人の冥福《めいふく》を祈りつづけたのです。そして新年の祭りの時が来ました」

周正妃のみならず、侍女たちまでもが身を乗り出す。

「娘の婚礼は、祭りの最中に挙げられることになっていました。親も村人たちもみな、娘以外は全員、この結婚を祝福していました。娘だけが、自分はもう、体は生きていても心は死んでしまったことを知っていたのです。そしていよいよ婚礼が行われようとしたその時、死んだはずの恋人が姿を現すのです」

ぱっと周囲の雰囲気が明るくなる。

「恋人の死は誤報でした。しかも恋人は戦で大きな手柄を立てて、娘の許婚の実家より莫《ばく》大《だい》な財産を得ていたんです。村人たちは驚きましたし、恋人の親も息子の生還を泣いて喜びました。そして娘は婚礼も、親の決めた許婚も放り出して、恋人のもとに走るんです」

そこここから嬌声《きょうせい》とため息がもれる。

「先ほど、心当たりがあると言ったのはこの部分です。娘と恋人は祭りの人出でにぎわう通りの真ん中で再会し、娘は婚礼衣装のまま、人目も忘れて恋人と抱き合い、唇を重ねるんです。そこで初めて村人も二人の親たちも、二人の本当の気持ちを知ったんです」

いっせいに、まごうかたなき黄色い悲鳴があがる。潤霞は努めて平静をたもち、語り役に徹した。これほど真剣に耳をかたむけられていると、恥ずかしがって言いよどむほうが申し訳ない。

「親たちは二人の仲を認め、二人は晴れて結ばれます。そして二人の再会の場面は、村の中と外で長く語り継がれるようになったのです。周正妃様がお聞きになられたというお話は、この部分がもとになっているのかもしれません」

「ああ、そうかもしれないわね」

周正妃はうっとりと、夢見る瞳で吐息を吐き出す。周正妃のみならず、若い娘たちはそろって似たりよったりの状態であった。話を聞いた時の村の娘たち、潤霞の友人たちの反応と大差ない。

　後宮という、これまでの潤霞の生活とはかけ離れた世界の住人であっても、好みや心の動きがまったく異なるわけではないらしい。潤霞はようやく、はじめて彼女らを身近な存在として感じることができた。

　なかでも特に親近感がわいたのはこの人だ。

「でも大胆ね、公衆の、大勢の前で抱擁をかわして口付け、なんて。それとも愛しい人と再会できた時には、そのようなことは頭から吹き飛んでしまうものなのかしら」

　周正妃の感想に「きゃあ」と娘たちの甲高い声があがる。「正妃様」と苦い声を出したのは先ほどの年配の侍女だった。

「軽率ですよ、正妃様。正妃様はこの後宮の主、明王陛下の一の妃なのです。そのような下賤《げせん》の他愛ない作り話を、安直にお信じになられてはなりません。正妃として、常に、陛下のお力になられることを第一にお考えにならなくては」

「そんなことを言っても、肝心の陛下は私以外の女人に夢中じゃない」

　にぎやかだった空気が一瞬にして凍りつく。潤霞は心臓をわしづかみにされた気がした。が、言った周正妃はつまらなそうに肘《ひじ》をついたまま、言葉をつづける。

「私も、今さら陛下をお慕いする気持ちなんて、わいてこないし。夢の一つや二つ、見てもかまわないでしょう？」

「正妃様……！」

さらに言葉を重ねようとする侍女を放って、周正妃は潤霞にむきなおる。

「面白かったわ、今のお話。ねえ、他に知っている話はないの？」

「え……ええと」

潤霞はひたすら戸惑う。高鳴る心臓の音が邪魔をして、思考が、まとめようとする端から散らばっていく。しきりに視線を泳がす李妃の様子に、周正妃は最初、いぶかしげに首をかしげたが、すぐになにか思い当たったように声を明るくした。

「ああ。ひょっとして、今、私が言った言葉を気にしているの？　私が、陛下の寵愛を横取りしたあなたを、恨んでいるのではないかって？」

潤霞は再度、心臓がとまりかけた。周正妃はころころ笑う。

「心配は無用よ。私、あなたを恨んだりなんかしていないから。むしろ感謝しているわ。あなたが来てくれたことにね」

「……感謝……ですか？」

潤霞はようよう、言葉をしぼり出す。

「ええ。だって、あなたが陛下の関心を惹きつけてくれているおかげで、私が陛下の気をひく必要がなくなったんですもの。あなたへの陛下の寵愛ぶりを、父も思い知らされたんでしょう。私に、陛下を籠絡《ろうらく》しろと言わなくなったわ」

隣家の噂話《うわさばなし》をするような口調だが、語っているのは、この後宮における主ともいうべき正妃である。裏情報ともいうべき重要事項ではないのだろうか。だが周正妃の口調も表情もあっけらかんとしたもので、気負いがない。

「正直、うんざりしていたの。父ときたら、顔をあわせるたび文を寄越すたび、『陛下の御心を射止めろ』『陛下の御子を身籠《みご》もれ』、それればかり。いいかげん鬱陶《うっとう》しくなるわ」

「……ですが……」

「後宮では女は陛下をお慕いし、陛下の御子を授かるのが役目でしょう、って？　理屈はそうかもしれないけれど。私、実のところ、陛下にはあまり魅力を感じないのよ」

「正妃様!!」

老年の侍女が声をあげる。だが周正妃は落ち着いたものだった。

「いいじゃない、みな知っているわ。いい機会だから、あなたにも伝えておくわね、李妃様。私は本当は陛下のことなど、どうでも良いのよ」

にっこり笑って首をかしげた女人に、潤霞は唖然《あぜん》として言葉を失う。

「陛下はね。見目《みめ》は悪くないし背も高いけれど、愛想はないし、楽しい話もなさらない。昔から知っているせいで、泣き虫とかひ弱とか、そういう頼りない面ばかり覚えていて」

「……そんなに長い、お付き合いなのですか？」

「子供の頃からよ。よく、父に連れられて宮中を訪れた時、一緒に遊ばされたの。その果てに、こんな所に押し込められて」

周正妃はため息をつく。

「私の理想はね、もっと雄々しくて情熱的な方なの。陛下みたいな無愛想で頼りない方では駄目。もっと強引なくらい熱い言葉で口説いて、どんな困難にも打ち勝つような力強い方でないと。それで私を、有無を言わさず攫《さら》っていってくれるような方が理想なのよ」

周正妃はうっとりと彼方の空を見上げる。背後で苦虫を嚙《か》み潰《つぶ》す老女の表情とは対照的だ。潤霞は「はあ」と呟《つぶや》いたきり、言葉がつづかない。

そういえば村にも、突拍子もない未来予想図を描いては、母親を呆《あき》れさせている友達がいなかったか。彼女は美しい富裕な殿方とある日、偶然出会い、愛されて都に上ることを夢見ていた。目の前の正妃は、その彼女と大差ない表情をしている。

「だから正直言って、ここでの暮らしには退屈していたの。外には出られない、陛下は素っ気ない、なのに父からはせっつかれて、口うるさいお目付け役はくっついてくるし」

老年の侍女が眉《まゆ》をつりあげ、その反応に周正妃の若い侍女が吹き出しかけてはにらまれ、慌てて口もとを押さえる。

「話し相手には不自由しないことと、宴は豪勢なところだけは取り柄かしら。でも最近は特に父の説教がうるさくなって、うんざりしていたところに、あなたが現れたの。天の助けと思ったわ」

そこで周正妃はがっしりと潤霞の両手をにぎった。

「ね、私からのお願いよ。陛下の御心をしっかりつかんで。そして父が、私にうるさく言ってこないようにしてちょうだい。今、説明したように、私は陛下のことはなんとも思っていないの。だから、あなたのことは全面的に認めるわ。もっと陛下に愛されるよう、援護だって何だってしてあげるし、悪口を言う人は正妃権限でどうにでもしてあげる。だから、できるだけ長く、しっかりと、陛下の御心をとらえておいてほしいのよ」

両手をしっかりにぎられた潤霞は、予想外の展開に目を白黒させる。国王の寵愛を横取りした憎い女よとなじられるのならともかく、この反応は予測の範疇《はんちゅう》をはるかに越えていた。この言葉は本当に、この正妃の本心なのだろうか。

潤霞の目の前で、若い正妃は偽りや裏表という言葉とはまるで縁遠い空気をふりまいている。と、突然、その邪気のない顔をずいとつきだしてきた。

「正妃様?」

潤霞は反射的にのけぞる。が、周正妃は頓着せず、そのままさらに至近距離から潤霞の顔を見つめ、上から下までじっくりながめおろす。値踏みの視線だが、あっけらかんとした彼女が堂々とやると、奇妙に嫌味がない。

そして最後に少し体を離してもう一度、潤霞の頭のてっぺんから爪先《つまさき》まで見下ろし、ふたたび顔に戻ってくると、「うん」と納得したようにうなずいた。

「大丈夫。あなた絶対、陛下の好みだわ」

　周正妃は断言する。

「子供の頃からの付き合いの私が言うんですもの、間違いない。保証するわ。というか、こういう女人が好みだったのねぇ、陛下らしいわ」

　周正妃は一人で何度もうなずいている。

「陛下はきっと、あなたをお見捨てにならないわ。絶対にね。だからあなたも安心して、しっかり陛下の御心をつかんでおいてちょうだい」

　若く美しい正妃は可愛らしく語尾をあげると、茶目っ気たっぷりに片目をつぶった。


　それからさらにしばらくの間、談笑して、ようやく潤霞は解放された。周正妃は潤霞を気に入ったらしく、あれこれ茶菓子をすすめては、自分の知らない色々な田舎の話を聞きたがった。おかげで潤霞は景色を楽しむゆとりもなく、周正妃の前を退出して自分の棟に戻る頃には、すっかり疲れはてていた。

　だが不快な疲労感ではない。

「楽しい御方でしたわね」

　周正妃と間近に接したのはこれがはじめてだという、若い侍女の一人が潤霞に感想を述べた。潤霞もうなずく。

「本当に。宴でお見かけする時は、近づきがたい、立派な女性とばかり思っていたのだけれど……」

王都の権門の出身で現宰相の一人娘。その高貴さを裏付けるように豪華に装い、周囲の大人たちと対等に話す様子は、正妃という肩書を抜きにしても、田舎の下層出身である潤霞の心を萎縮《いしゅく》させるのに充分だった。

しかし今日、面とむかいあって語り合った周正妃の態度は、潤霞のそんな印象を根底からくつがえしてしまうほど気安く、あけっぴろげなものだった。

潤霞の口もとに笑みがうかぶ。

後宮での立場とか、国王の寵愛云々《うんぬん》がからまなければ、もっと話してみたい、友人になりたいと思える相手だった。周囲がそれを許すかどうかはわからないけれど、潤霞の中にあった周正妃に対する遠慮や苦手意識は、すっかり打ち消されている。

潤霞はその晩、部屋をおとずれた明王に昼間の出来事を話して聞かせた。明王も、普段より楽しげな潤霞の様子に興味を持ったようだったが、周正妃の名と肩書を聞いた途端、うんざりした表情で肩をおとす。

「美蘭か……」

「楽しい方でした。色々、この後宮のことなどお話ししてくださって……」

「話しすぎだ。あの女は口から生まれてきたに違いないんだ」

舌打ちしそうなその口調に、思わず潤霞は問い返してしまう。

「――明王陛下は周正妃様が、その、お嫌いなのですか？」

明王はあっさり答えた。

「嫌いではないが、とにかく苦手だ。口うるさくて、気づかなくていいところばかり目敏《めざと》いし、人のことを愛想がないだの気が利かないだの、すぐ文句を言う。おしゃべりでわがままで自分本位で、付き合いにくいこと、この上ない」

国王とその正妃という立場で考えれば、重大な内容であっただろう。しかし潤霞が見た限り、口を引き結んで椅子にどさりと体を投げ出した王の様子に、そこまでの深刻さは見あたらない。

村でもよく青年や少年たちが、こんな顔で「女はわからない」というような事柄をぼやいていた記憶があった。

親しさゆえに叩《たた》ける軽口というものであろう。潤霞は笑った。そして明王のこの反応から推察するに、明王と周正妃は本当に長い付き合いらしい。目の前で愚痴る若き王が、ただの一人の青年に見えて、潤霞は微笑ましい気分になる。

ついで、かすかなさびしさにも似た痛みが胸をよぎって潤霞を驚かせた。

周正妃と明王は、本当に長い付き合いなのだ……。

だが潤霞のその痛みには気づかず、潤霞の楽しげな様子に気を良くした明王は、かたわらに立って茶を注いでいた潤霞の手をとると、自分の横に座らせた。たちまち潤霞は不意の痛みどころではなくなる。

「それより、その呼び方はやめろと、言ってあるだろう?」

「え?　あ……」

一瞬、なんのことかわからなかったが、思い出す。普段、侍女たちの前では後宮内における礼儀作法もあって「陛下」と呼んでいる潤霞だが、明王自身はそれを嫌がっている。二人きりの時は「范雪峰」という名前で呼んでほしいと言うのだ。

「すみません、雪峰……様」

潤霞は気恥ずかしい思いで、その名をしぼり出す。なんといっても、相手は国王。名前で呼ぶなんて畏《おそ》れ多《おお》すぎる。畏れ多さを感じるだけの距離感が、潤霞と明王の間には横たわっている。

まだ「陛下」のほうが気楽だし、しっくりきた。けれども明王自身がそれを許さない。

「雪峰でいい」

明王が潤霞の肩を抱いて言う。ここに来たばかりの頃、彼はそうくりかえし、なかば強制するかのように潤霞にそう呼ぶことを命じた。しかしそれでも、その呼び方は潤霞の中で定着しない。

しどろもどろの潤霞の様子に、明王范雪峰は彼女の肩に頭を置いてささやいた。

「今は『様』でもいい。でもいずれ、近い内に、そう呼ぶと約束してくれ。王でもなんでもない、ただの雪峰と呼ぶと。そなたの前でだけは、ただの雪峰でいたい」

切ない、染み入るかのごとき声音。弱々しいとさえ言えるほどの。

潤霞は胸に針を刺されたかのような痛みを覚える。

しかし明王は次には顔をあげ、明るく潤霞にたずねてきた。

「なにか欲しいものはないか？　絹でも珠玉でも食事でも。不自由しているものがあれば言うといい、そろえさせよう」

これも、三日に一度は訊《き》かれる問いだった。はじめの内こそ、首を左右にふるくらいの大慌てで辞退していた潤霞だが、最近では多少のゆとりが生じている。

「特に困っていることはありません。お気持ちだけ、ありがたくちょうだいしておきます」

優等生じみた返事に、若い王は憮然《ぶぜん》と唇を尖らせる。

「遠慮しなくていい。移ってきたばかりなのだから、色々足りないものがあるだろう」

「でも。住む所があって、寝る場所があって、着る物と食べる物があって、畑仕事も家事もする必要がなくて……他になにが必要なのでしょう？」

それは潤霞の本心だった。暮らしが保証されていて、働く必要がない。働かなくとも食べていける。労働を常とする下層で育った潤霞にとって、これ以上の贅沢《ぜいたく》はありえなかった。

不満――いや、不安があるとすれば、この生活がいつまでつづくのか、明確な答えは得られないということだ。

それでも、その時がくれば潤霞は粛々と受け容れるつもりでいる。田舎の、身寄りも身分もない、ただの小娘一人。一時でもこのような場所に暮らせたこと自体、幸運以外のなにものでもない。

ここを追い出されたら、おとなしく村に帰ろう。

潤霞のそんな考えを読みとったわけでもないだろうが、にっこり笑って首をかしげた彼女の細い体を、明王は自分の腕の中に抱え込む。

「望むなら、なんでも与える。願うなら、なんでも叶《かな》えよう。だからそばにいてくれ。けして離れるな」

その悲しげなほどの響きに、潤霞も眉《まゆ》をくもらせる。

この人といると、いつも思うことだ。地位も富も名誉も、およそ人の望む多くを持ち合わせておりながら、なにがこの人にこんな声をださせるのだろう。

潤霞はあの、両親の墓の前、朝の光の中で潤霞を見ていた明王の姿を思い出す。

明王はさらに言葉をつづけた。

「周正妃のことは気にしなくていい。周正妃も、他の女たちも、そなたが気になると言うのであれば、全員、実家に帰そう。だからそなたは、ここにいてくれ。そなただけが、ここにいればいい。どこにも行くな」

「陛下……」

呟きはこぼれて散った。潤霞を抱きしめる明王の手に力が込められる。

けっきょく、その晩はもう、それ以上の会話はなかった。国王とその寵妃はひろい一台の寝台に、二人で眠った。

四　面影

　それから数日間、潤霞《じゅんか》は思わぬ楽しい日々を過ごすことができた。理由は周正妃《しゅうせいひ》だ。彼女は潤霞を気に入り、また明王《めいおう》との仲も本気で応援するつもりらしく、毎日のように潤霞を自分の宮に呼び出すようになった。

　潤霞は午前中は書や礼儀作法、歌舞音曲の手習いに励み、昼餉《ひるげ》を終えると侍女を連れて正妃の宮を訪れ、女同士の気の置けない会話に興じる。

　茶菓子をつまみながら、衣装や飾り、巷《ちまた》の流行り物など、女なら誰《だれ》しも興味を持つ他愛ない事柄について、あれこれ意見や情報をかわしていく。

　周正妃の侍女に言わせると「李妃《りひ》様は聞き上手でいらっしゃられるので、正妃様はお好きなだけしゃべっていられるのでしょう」ということらしい。

　だがそういった分野に関して、周正妃の話題は驚くほど豊富であったので、潤霞は黙っていても退屈することはなかった。正妃も、絶妙なところではさまれる李妃の相づちや驚嘆に、ますます舌がなめらかになっていく。

話せば、やはり周正妃は住む世界に大きなへだたりがある人物だった。たとえば「高級でもまずいものは食べたくない」と言った彼女は、まずくても食べられるものなら口に入れてしまいたい状況もあることなど、想像もつかないに違いない。

だがそういった溝を感じてなお、周正妃は陽気であけっぴろげな楽しい人物であったし、その気になれば権門の姫君らしく、いくらでも優雅にふるまえる女人《にょにん》であった。

潤霞は、彼女の立ち居振る舞いにはいくらでも手本とさせてもらえる部分があったし、贅沢《ぜいたく》に慣れきっているだけあって、衣装の合わせ方も秀逸だ。

なにより、彼女がなにかにつけて教えてくれる明王の幼い頃《ころ》の話は、国王としての今の明王しか知らない潤霞には新鮮だった（もっとも、潤霞が周正妃から聞いた明王の子供時代の話を伝えると、明王は渋い表情をしたものだが）。

そうして数日が過ぎたある日のこと、潤霞は後宮のひろい庭園で一人きりになる機会があった。少人数で椿《つばき》の園に散策に来ていたのだが、妙に赤い顔をした侍女の額を確かめると、発熱していたのである。

潤霞は驚いたし、侍女たちも大事な国王の寵妃《ちょうひ》に病をうつしてはならぬと、慌てて問題の侍女を左右から抱えて自室へ引き取らせた。

それで残った侍女と散策をつづけていたのだが、あまりに見事に咲き誇る花の美しさに、一輪二輪、摘んで部屋に生けさせてもらおうという話になった。両親の奉られた廟《びょう》にも供えてやりたい。

そこで最後に残った一人も花鋏《はなばさみ》を取りに戻り、潤霞は一人で木立の間を歩いていたのである。

わずかな時間ではあるが、人の目が絶えて一人きりになれたのは単純に嬉《うれ》しかった。

不思議なものである。村にいた頃は、むしろ一人で生活する自分の存在が消されるのを不安に思っていたはずなのに、いざ、後宮に来て四六時中面倒を見られる立場になると、今度はその視線が鬱陶《うっとう》しくなる。

我ながら現金なことだと、潤霞は苦く笑う。だがこんな風に一人になる時間を持たなければ、ふいに髪をふり乱して叫びだしたくなる衝動に襲われるのもまた、事実だった。

後宮では、昼の間は侍女たちに囲まれ、夜は明王が訪れる。

彼らにそのつもりはないのだろうが、見えない糸で束縛されるような感覚と、見られていることを常に意識しなければならない緊張は、時折潤霞に、手足をばたつかせて叫びだしたい衝動を生じさせる。

だから、こんな風に気をゆるめることのできる時間は、とても大切だった。

両親の廟に参るのも同じ理由だ。潤霞は死んだ両親に祈り、現状を報告して村を思い出すことで、自分を外側から見、あの頃の自分を忘れないよう、意識しているのだ。

知らず、ため息がもれる。

村にいた頃は単純に憧《あこが》れたお姫様暮らしだが、なってみると大変だ。精神的な負担は、むしろ村のほうが楽だったのではないかとすら思う。

毎日、明日を生き延びることができるかどうかで頭がいっぱいだったというのに、あの頃のあの境遇に懐かしさすら覚えるのだから、記憶とはたしかに、村の老人が言っていたようにあいまいで都合良いものなのだろう。

だが少なくともあの頃は、今のように他人の言葉や親切を疑う必要はなかった。気遣いは気遣いとして、素直に受けとっておけばよかったのである。

今ではなにをされても、「自分が国王の寵妃だから」「本当は恨まれているのではないか」「妬《ねた》みを隠しているだけなのではないか」と深読みする自分がいる。

潤霞はここに来て生まれてはじめて、己の疑り深さに気がついた。気づかされた。こんなにも心が暗くて嫌な人間であることを、婉曲《えんきょく》に、けれどもはっきりと、思い知らされたのである。村にいれば、あるいは一生、知らぬ事実であっただろうに。

潤霞は再度、ため息をつく。

豪華だけれど心が歪《ゆが》んだ日々と、貧しいけれど心は清らかな日々。

いったい、どちらが幸せなのだろう。

今の潤霞を見たら、両親はなんと言うだろうか……。

そんなことをつらつら考えながら木々の間を移動していると、曲がろうとした幹のむこうから突然、人影が現れた。

「きゃっ！」

むこうは驚きの声をあげたし、潤霞もびっくりした。お互い、至近距離で目を丸くする。ぼんやり考え事をしていたせいで、人が近づいてくるのにまるで気がつかなかった。

「ま、まあ、これは李妃様」

人影は見知った侍女ではなく、まだ顔を覚えていない後宮の妃《きさき》であるらしかった。隣にもう一人、同程度の地位と思ぼしき女人を連れている。

「申し訳ありません、ぼんやりしていたものですから。あの、お怪我はありませんか？」

潤霞は低姿勢で頭をさげて非礼を詫《わ》びる。すると女たちも慌てて謝罪してきた。

「私どもこそ、失礼いたしました。李妃様こそ、どこかお怪我はございませんか？」

二人の女はおろおろと、自分より若い娘を頭の先から裾《すそ》の先までいそがしく見下ろす。

どちらも若い。が、潤霞よりは五つ六つ年上だろう。脂粉《しふん》をはたいて紅をひき、美しく装ってはいるが、あまり高位の女人ではないようだ。重ねた衣の質や飾る装飾品の細工がそれを物語っている。

だがそれでも、村にいた頃の潤霞にとっては手の届かぬ、雲の上の存在であったことには違いない。潤霞はていねいに返事した。

「私は大丈夫です。驚いただけですから。お二人こそ、本当に……」

「私どもも大事ありませんわ。李妃様にはどうぞ、お気遣いなく」

自分より明らかに年長と思われる相手が、自分に対して丁重な口をきく。村では考えられなかったことだ。村では身分といえば「村長とそれ以外」くらいで、あとは年功序列くらいしか存在しなかった。潤霞は年長者に対してのみ、気遣えばよかったのである。

今ではその年長者が、年少の潤霞に頭をさげる。潤霞は複雑な、いたたまれない気分であった。

「ここの椿は今が見頃ですわね。李妃様も、こちらへは散策に？」

「失礼を承知で申し上げさせていただければ、国王陛下のご寵妃ともあろう御方が、侍女の一人もお付けにならずに出歩かれるのはいかがなものかと。いつ何時、どのような事故に見舞われることか……」

「大丈夫です。少し席を外しているだけですから」

潤霞は女たちの言葉を気楽に受け流した。広いとはいえ、人の手で整えられた美しい庭園。このような場所で、転ぶ以外にどのような事故があり得るのだろう。

潤霞はまだ、この場所での生活が長い女たちの言う『事故』が、言葉以上の意味を持つことに気がついていない。

「ですが、万一ということもございます。李妃様のお付きの方が戻って来られるまで、僭《せん》越《えつ》ながら私どもが、そのお役目を務めさせていただきますわ。よろしいでしょうか」

潤霞は躊躇《ちゅうちょ》した。侍女たちが戻って来るまで、一人の時間を満喫したい。が、目の前の女性二人の親切を退ける勇気はなかった。

「ええ、それは喜んで……」

潤霞は静かな時間をあきらめた。たまには違う人たちと話すのもよいだろう。そう言い聞かせ、よく知らぬ相手との会話に踏みきる。妃二人があらためて自己紹介する。話題はいつの間にか、女二人の国王の寵妃に対する賛辞にすりかわっていた。

潤霞はひたすら居心地悪く、侍女たちが戻って来るのを待ちわびる。女二人はそんな反応に気づく様子もなく、さらに、耳を塞《ふさ》いで否定したくなるような美辞麗句を並べ立てていく。やがて話題は少しずつ、方向がずれていった。

「それにしても李妃様の運の強さときたら。いったい、天にどれほどの恵みを与えられているのでしょう。国王陛下ばかりか、正妃様とも親しくなさられるとは」

「本当に。常ならば、ありえないことですわ。寵妃と正妃が親密な関係を保つなど。後宮第一位の正妃と、国王の後ろ盾を得た寵妃の争いが国をかたむけた例は歴史上、枚挙に遑《いとま》がございませんもの」

なにやら少し難しい話になってきた。政治的な話題にうとい潤霞は、心の中で身構える。周正妃とのことで、なにか指摘されるのだろうか。

だが女たちが口にしたのは、潤霞の予想とはまったく別の事柄だった。

「ですが、当然といえば当然やもしれませんわね、李妃様でしたら」

「そうそう、周正妃様も陛下とのお付き合いは長い御方ですもの。当然ですわ」

潤霞は二人の会話に疑問を抱く。

「あの、それはどういう意味でしょう？」

そろそろと口をはさんだ潤霞に、「まあ」と女二人はさも意外そうに驚いてみせた。

「もしかして、李妃様はご存じありませんの？」

「なにがです？」

潤霞は首をかしげる。その反応に、女たちはますます困ったような表情をした。袖《そで》で口もとを隠し、互いの顔を見合わせる。

「困りましたわ。私どものおしゃべりがすぎたようでございます。この先をお聞かせしてよいものかどうか……」

「かまいません。教えてください」

顔をくもらせる女に、潤霞はたたみかける。悪い噂《うわさ》だろうか。だとしても知っておきたい。この後宮で自分がなんと評価されているのか。好奇心以上に、知っておくべきだと、心が感じた。

女たちは再度、顔を見合わせる。ため息をついたようだった。

「いたしかたありません、李妃様にそうまでおっしゃられたのでは。ですがくれぐれも、お忘れにならないでくださいませ。あくまで、これは人の噂。私どもも偶然、耳にしただけなのです」

そう念を押しながら、二人の女は声をひそめて顔をちかづけてきた。

「後宮で妃の位をいただいている方々の中でも、古参で、権門の方々が噂しているお話だそうですわ。李妃様は、明王陛下に姉君がいらしたことをご存じですか？」

潤霞は首をふる。初耳だ。

「同じ、先の正妃である母君からお生まれになられた、五歳年長の公主様だったそうですわ。聡明《そうめい》でお心も優しく、たおやかな美しい女人でいらしたとか」

もう一人の女も潤霞の耳にささやく。

「後宮入りが決まって、はじめて王宮にあがった私どもには、確かめる術のないことですが、陛下と長いお付き合いのある方々がおっしゃるには、陛下はそれはそれは姉君を大事になさっておられたとか。陛下は幼い頃に母君と、先の明王であらせられた父君を亡くされておいでだったため、なおのこと、姉君とは仲がよろしかったそうです」

「ですがその姉君も、若くして亡くなられたそうにございます」

「そして」と、そこで女たちはいったん言葉を切った。

「その亡くなられた陛下の姉君に、李妃様は瓜二《うりふた》つなのだそうです」

一瞬、潤霞はなにを言われたのか理解できなかった。

「幼い頃に父君と母君を亡くされた陛下は、ただ一人のお身内である姉君を、たいへんお慕いになられていたそうです」

「その姉君が若くして不幸な死を遂げられた際には、たいへんな嘆きようであったとか」

「姉君を追って自害なさるのではないかと、王宮中が心配なさったそうですわ。幸い、そのような事態は避けることができたのですけれど、姉君を失われた陛下はお心に深い傷を負い、後宮を持たれても、けしてお通いになろうとはしませんでした」

「あまりにも深い傷ゆえ、誰もそのお心をお慰めすることができなかったのでしょう」

　言葉が潤霞の頭の中を流れていく。

「ですが、陛下は李妃様をお見つけになられた」

「李妃様は、陛下の亡き姉君に生き写しなのだそうです。姉君を知る古参の方々はみな、口をそろえてそうおっしゃいます。とても赤の他人とは思えないと」

「古参の方々は、李妃様が陛下のご寵愛を得ることができたのは、李妃様のお姿が陛下の姉君にそっくりだったから……李妃様は陛下の姉君の身代わりにされておいでなのだと、陰口をたたいておられるのです」

「陛下の愛情は本物ではない、ただ李妃様のご容姿がお気に召されたから、お側に置かれているだけなのだと、おっしゃっています。その事実を知らず、ただ陛下を信じてお過ごしになられている李妃様はたいへん哀れだと、同情なさっておいでしたわ」

女たちは眉根《まゆね》を寄せ、さも沈痛な表情を見せた。

「人から聞いた噂」がいつの間にか、その目で見てきたように語られている。だが潤霞にそのことに気がつく余裕はなかった。思考がまとまらず、奇妙に拡散した状態にある。女たちの話が布一枚へだてた、むこう側の出来事のように感じられた。

「李妃様、どちらにおいでですか?」

聞き覚えのある呼び声が聞こえた。二人の女も耳ざとくそれを聞きつける。

「まあ、侍女の方が戻っていらしたようですね」

「ようございました。それでは、私どもはこれで……」

寵妃どころか、いまだ明王に顔すら覚えられていない女たちは、そそくさとその場をあとにする。木立の合間に消えてから互いにかわしあった笑みの暗さとゆがみを、潤霞が目にすることはできなかった。

見ていたとしても、結果が変わったわけではなかったろうが。

「李妃様、こちらでしたか」

椿の木々の間から、見慣れた若い侍女が姿を現す。

「お待たせして申し訳ありません、李妃様。花鋏の用意に手間どってしまいまして。熱を

出した娘は大丈夫です。自室に寝かせて薬湯を……どうなさいました、李妃様？」

侍女が、黙ったままの主人をうかがう。彼女の目に、若い主人はなにやら青ざめているように映ったのだ。潤霞は夢から覚めたように慌てて顔をあげる。

「いえ、大丈夫。少し寒くなってきただけ。熱を出した人もいるし、私たちも気をつけないと。花はどれをいただきましょうか」

意識して笑顔をつくり、潤霞は侍女と二人で美しい冬の花を摘んだ。


『亡くなられた陛下の姉君に、李妃様は生き写しなのだそうです』

『陛下は姉君を、たいへんお慕いになられていたそうです』

花を摘み、廟に寄ってから自室に戻っても、潤霞の心は晴れなかった。両親に祈りを捧《ささ》げていても、侍女たちとおしゃべりに興じていても、頭には女たちから聞いた言葉が引っかかって、離れようとしない。

衝撃のあまり立っていられない、食べ物も喉《のど》を通らないというほどのものではない。ただ、気づくと脳裏によみがえってきて、その存在を主張しているのだ。

「どうかしたのか？」

夕餉のあと、就寝までの一時を二人で過ごしていたら、潤霞は明王にそうたずねられてしまった。布を張った長椅子《ながいす》から背を離して、黒い瞳《ひとみ》がこちらをのぞきこんでいる。

我に返った潤霞はいそいで取り繕わなければならなかった。

「なんでもありません。ただ少し……侍女に熱を出した人がいて。この季節だから、しかたないですけれど、私も気をつけなくてはいけないな、と」

「体調が悪いのか？」

「今は大丈夫です」

明王は隣に腰をおろしていた潤霞を引き寄せた。

「具合が悪くなったら、すぐに言うんだ。女官たちにも注意するよう、伝えておく。――なんなら、寒い間は外に出なくていい」

潤霞は呆《あき》れてしまった。

「それは……怒られるのではないでしょうか。かえって体に良くないとか、妃なのに礼儀がなっていないと言われて……」

「かまわない。そなたの体のほうが大事だ」

潤霞を抱きしめて言いきった明王の声は真剣で、聞いている潤霞のほうが胸が苦しくなってしまう。

どうしてこの人は、こんなにも自分を大切にするのだろう。

ずっと不思議に思ってきた。

自分に、一国の王を虜にするほどの傾国の魅力が備わっているはずはない。それは、ここに来て才色を兼備した姫君たちを目のあたりにすれば、明らかだ。自分にはあれほどの美しさも賢さもない。

それなのに明王はあの日、あの林で自分を攫《さら》った時から、自分を包み囲むように世話を焼いて、離そうとはしない。

それは、自分が明王の寵愛を得たからなのだろうか。

それとも、自分が明王の姉だという女性に似ているからなのだろうか。

胸の奥がざわめく。

けれども昼間、女たちから聞いた話を打ち明ける気にはとうていなれない。打ち明けたらきっと——なにかが変わってしまうのではないだろうか。

潤霞はただ、明王のされるがままになっている。

その耳に、明王の独り言のような願い事のような呟《つぶや》きが響いてきた。

「どこにも行くな。私の前から消えるな。そのためなら、なんだってする……」


翌朝、朝餉を終えた明王を本宮へ送り出し、かわりに江《こう》夫人を迎えた潤霞だが、せっかくの授業も身が入らないままだった。一晩たったというのに、まだ昨日の記憶が尾を引いている。

迷った潤霞だが、昼餉には一つの結論を出した。

わからないままだから、迷うのだ。ならばもっと正確なことを、信用できる人から教えてもらったほうがいい。

潤霞は侍女に頼んで、午後は周正妃の宮を訪ねる段取りをつけてもらった。使いを送ると、周正妃は快く応じてくれたという。

侍女に外出のための装いを整えてもらいながら、潤霞は周正妃にたずねる事柄を頭の中で整理した。周正妃は明王とは長い付き合いだ。王都でも権門の出で、王宮の事情には詳しいはず。

潤霞は心を決めて自分の棟を出た。

何故、決意が必要なのかとは、気がつかぬまま。

正妃の宮に到着すると、周正妃はいつもの明るい笑顔で迎えてくれた。そのままもっとも明るくてあたたかい、接客用の広い部屋へと案内される。席にはすでに茶や菓子が用意されていた。

そのまましばらくは、周正妃の流行り物や都の出し物に関するおしゃべりに付き合う。毎回、どこからこんなに情報を仕入れてくるのだろうと感心するほど、話題が豊富だ。

周正妃は飽かず口を動かしていたが、やがてぽかりと、口をはさめる隙ができた。

潤霞は一度、唾《つば》を飲み込んでから周正妃へとむきなおる。

「ところで、正妃様……」

「なあに？　なにか面白い話はあって？」

潤霞は困ったように微笑む。

「正妃様だけに、お聞かせしたいお話なのです。ですから……」

「ああ」と周正妃は周囲を見渡す。すると侍女たちは心得たように部屋を出て行った。

こんな風に「他人が自分の言うように動く」ということを疑わずに命じることができるところが、潤霞と周正妃の違いなのだろう。潤霞が命じても、本当に動いてくれるかどうか、不安を抱かずにはいられない。だからいつも「命令」ではなく、「お願い」になる。

「お訊《たず》ねしたいことがあるのです」

そして潤霞は一気に、昨日聞いた話を口にしていた。内容をぼかして伝えることも、ぼかし方も考えてはいたはずなのに、いざ、口を開くと己の疑問すべてをぶちまけていた。

はじめは興味津々に身を乗り出していた周正妃も、すぐに美しく描いた眉をひそませ、呆《あき》れたように息を吐き出す。

「口の悪い人はどこにでもいるのね。誰が言ったの、そんなこと。国王の寵妃に対してなんて失礼な。あなたも陛下も、侮辱する内容じゃないの」

「それは……」

怒ったように眉をつりあげる周正妃に、潤霞は視線をそらして言いよどむ。昨日の女たちの名前と身分はしっかりと頭に刻まれていたが、それをこの場で明かすことは、告げ口になるようで気が進まなかった。

「まあいいわ」

潤霞の反応に、周正妃もあっさり追及の手を引っ込める。付き合いだしてすぐに分かったことだが、この女人は気が変わるのが早い。今度は明るく励ましてきた。

「気にする必要はないわ。みな、李妃様が陛下に寵愛されているので、やっかんでいるだけよ。陰口でもたたかなければ、やっていられないんでしょう。心の貧しい人たちよ。いちいちとりあう価値はないわ」

ひらひらと美しい上質の袖がふられる。

「たしかに、妃の中には陛下と付き合いの長い方もいて、その縁でこちらに入られた方も少なくはないけれど。私自身、そのようなものだし。でも、だからといって、その人たちの言葉を鵜《う》呑《の》みにする必要はないわ。陛下は李妃様を大事になさっておられる、それでいいじゃないの」

だが潤霞はとうてい、納得することはできなかった。

自分がなぜ、ここに連れてこられたのか。

少しでも正確な理由を知っておきたい。

でなければ不安で不安で、どうしようもないのだ。

潤霞は祈る思いで、周正妃の美しく化粧された顔をじっと見つめる。周正妃もそのまなざしの強さに気圧され、折れた。

「聞いても、面白い話ではないと思うけれど……」

「かまいません、けっこうです」

「——私から聞いたことは、陛下には内緒にしておいてくれる？」

潤霞はしっかりとうなずく。

「では教えるけれど……」

そうして周正妃は自分の知る情報、思い出せる限りの過去を語りはじめた。

もともと明王范雪峰《はんせっぽう》は、肉親の縁には薄い人間だった。親兄弟での権謀術数が日常茶飯事の王家ではとりたてて不思議なことでもないが、特に薄い者というのはいる。

明王はまず、臣下の反逆によって両親を失った。

明王がまだ幼い、公子だった頃の出来事だ。王家の末席に連なる重臣の一人が富と権力を求めて王座を狙《ねら》い、その手段としてまず明王の母、先の明王の正妃を暗殺し、つづいて先王自身も殺害することに成功した。そうして国王の一人娘を娶《めと》ることで、自らが血で汚した王座につくことを画策したのだが、野望は最後の段階で失敗した。

人望に恵まれていなかった反逆者は、先王の一人息子、雪峰を後継に担ぎ出した他の重臣たちによって公主を奪いかえされ、反逆の徒として処刑されたのである。公子雪峰は残った重臣たちの後ろ盾のもと、新しい明の王として即位した。

「それが、陛下が九歳の時ね。でもまあ、実際にその年齢で政務がこなせるわけがないから、私の父をはじめ、色々な大臣たちが、色々なところから口をはさんで、手を出して、色々やってきたわけだけれど」

政治の裏事情を語る周正妃の横顔に憂いや緊張はない。ただ、他人事のような突き放した口調だけがある。

「とにかく、そんな訳で、陛下は早い段階でご両親を亡くされたから、その分、姉君である公主様との仲はとても良かったの。いいえ、絆《きずな》が深かったというべきかしら。先の国王夫妻を殺したのが、まがりなりにも王家の一員だったのですもの。他人も血縁も信用できない、信じられるのは公主様だけと、思い込まれたのね。公主様と一緒にいる時の陛下は、小さな動物みたいだったわ。非力なくせに、大事な人だけは守ろうと必死で虚勢をはる、小さな動物。目を警戒心でぎらつかせて、周囲の誰も信じようとしない……。私も、私の父も、みんなね」

そこで周正妃は唇を茶で湿らせる。

「でもねぇ、そうまでして守ろうとした公主様を、けっきょくは亡くしてしまうのよ。神様というか……天に奪われてね」

潤霞は首をかしげた。

「九年前の夏を覚えている？　国中が大雨に見舞われて河が氾濫《はんらん》し、あちこちで堤防が決壊して洪水が起こったわ」

潤霞が記憶をさらうと、雨の中、母と二人、抱き合いながら父の帰りを待っていた幼い頃の光景がよみがえる。あの時のことだろうか。屋根にも壁にも穴が空いた粗末な小屋は水をしのぐ場所としてはまったく用をなさず、母娘は頭からずぶ濡《ぬ》れになり、決壊した堤防の修復に村中の男が狩り出されていた。

村はかろうじて残ったものの、周囲の畑は半分以上が水に浸かり、山では小規模な土砂崩れも起きた。

「王都周辺も洪水に見舞われてね。慌てた大臣たちは王宮付きの占術師を呼び出して、雨の原因を占わせたのよ。そうしたら『この大雨は天の神の怒りが雨の形をとって降りてきたものだから、神の怒りを鎮めるため、人柱を捧げるのがいいだろう』って言い出したのよ」

「人柱……」

つまりは生《い》け贄《にえ》である。

大陸では、今日にいたるまでも、人々は神の奇跡と人間の叡智《えいち》の境を行ったり来たりしている。人の力や知識を用いる一方で、天の加護を頼るのだ。

昔、占術師によって告げられる神の言葉は政治と密接に関わっていた。占術師は占術によって天の言葉を聞き分け、王は占術師から伝えられる天の意向に従って国を動かしていたのである。その統治体制は現在でもあちこちに残り、いまだに大がかりな工事や戦《いくさ》の是非を、占術によって決定する国は少なくない。

有能と評される王を担いだ一部の国が発展して戦に勝ちつづけているのは、彼らが神託に頼らず、過去の歴史や経験をもとに、論理的な思考によって現状を分析、判断して動いているからに他ならない。

それはともかく、九年前、明の王宮は天の声に従い、人柱を出すことを決めた。

「町とか村の中から、若い娘が何人か選ばれて、反乱する河に流されたの。でも、それでも雨は止まらなくて」

菓子をつまむ周正妃の口振りに悲壮な雰囲気はない。ただ、自分の知る事柄をそのまま話しているだけだ。

「河は相変わらず氾濫したまま、堤防もどんどん決壊している。それで大臣たちが占術師に詰め寄ると、占術師は『神の怒りは、この程度の人柱では満足できぬほど深い。もっと質の良い生け贄を捧げなければ、神の怒りは解けないだろう』と言ったのよ。そこで、その言葉を聞いた公主様が、自分が人柱になると言い出したの」

潤霞は目をみはった。

「驚くでしょう？　一国の公主が自ら、生け贄になると言い出したんですものね。まわりは驚いたし、父だってさすがに公主様を止めたわ。でも、公主様のお気持ちは変わらなかったの。国のため民のため、自分にできることはこれくらいしかない。明の公主が明の未来のために命を捧げることは当然だとおっしゃって、氾濫する河に身を投げたのよ」

　周正妃は一つ、ため息をついた。

「その三日後、雨はようやくおさまったわ。国中の水も少しずつ、引いていった。明は生き延びたわけだけれど、かわりに陛下は最後の家族を失われ、失意のどん底に落ちてしまわれた、というわけなのよ」

　冷たい風の音が聞こえる。しばらく二人の娘は無言だった。潤霞は放つべき言葉が見つからない。

「以来、陛下はずっと、他人を寄せつけずに過ごしてこられたわ。たぶん、大臣も後宮の女たちも、誰も信用できないんでしょう。父や周囲の者がどれほど諫《いさ》めても進言しても、けして特別な女など作ったりはしなかった。お心を開かれなかったのよ。でも、あなたが現れた」

　周正妃は潤霞を見た。

「後宮で、陛下が連れ帰ったあなたをはじめて見た時、びっくりしたわ。雪紅《せっこう》公主様に生き写しなのだもの。公主様がよみがえられたのかと思ったくらいよ。だから私、納得したの。ああ、この方なら、陛下のお心をお慰めしてあげられるわって」

潤霞の胸に複雑な思いが渦巻く。だが周正妃はそれには気づかず、美しい顔を近づけるようにして言葉を重ねていく。

「たしかに、陛下があなたを気に入ったのは、あなたが公主様にそっくりだったからだと思うわ。でもそれは、悪いことじゃないわ。巡りあわせよ。あなたはきっと、陛下と出会うために生まれて来たのよ。血縁でもないのに公主様にそっくりなのは、そのせいだわ。運命だったのよ。だからあなたはこれからも、堂々と陛下のおそばにいて、陛下のお心をお慰めしてさしあげて？」

いつもの甘く軽やかな声で明るく首をかしげた周正妃だが、潤霞は返答の言葉が見つからない。聞かされたばかりの言葉が何重にも重なって、頭の中をぐるぐる回っている。

「さ、この話はここでおしまい」と周正妃は明るく話題を打ち切り、部屋の外にさがらせていた侍女たちを呼び戻す。侍女たちは新しい茶菓子を抱えて入室してきた。

「父が新しいお菓子を送ってきたの。みなでいただきましょう」

周正妃は新年の宴で着る衣装について、熱心に語りはじめる。部屋はふたたび明るい笑い声に包まれたが、潤霞はその明るさが遠いものに思われた。

午後の太陽もだいぶん落ちてから、李妃一行はようやく正妃の宮を退出した。若い侍女たちは宮で出された菓子と楽しい話題に満足したらしく、いまだに笑いあっている。

自室に戻って侍女たちをさがらせ一人になろうとすると、茶だけ注いでいた侍女が何気なく訊《たず》ねてきた。

「そういえば李妃様、周正妃様と二人きりで、なにをお話しになっていらしたのですか？」

それは、彼女の年齢と立場からすれば当然の疑問だった。自分の主人が、この後宮の主たる周正妃と二人きりでなにを話していたのか。政治的な事柄か、あるいはなにか楽しい内緒話か。頑《かたく》なに隠しても、かえって不審をあおるだろう。

そう判断した潤霞は、概要だけ説明する。

「明王陛下のことを教えていただいたの。陛下の昔のこととか」

侍女は思いあたるようにうなずいた。

「ああ、陛下の昔のことといえば、やはり周正妃様ですね。長いお付き合いだそうですもの。陛下のご家族に関しても、よく御存知だったのでは？」

潤霞は侍女を見上げた。

「どうして陛下のご家族のことだと思ったの？」

「え？　だって、陛下の姉君についてお訊《き》きになられていたのでは……」

そこで侍女は顔色を変えた。

「も、申し訳ありません、私ときたら、おしゃべりがすぎましたようで……」

失言に気づいたが、一度、口からこぼれ落ちた言葉は、もう戻らない。侍女は急須《きゅうす》を取り落としかけ、潤霞も顔がこわばった。

「……知っていたの？　私が……その……」

忙しく視線をさまよわせた侍女だが、やがて観念したように手を組み、白状する。

「申し訳ありません、ただ曹《そう》夫人に、絶対に李妃様のお耳には入れてはならないと、口止めされておりまして……」

曹夫人とは、李妃潤霞の身の回りを一任された女官で、潤霞の侍女たちのまとめ役だ。侍女たちは彼女の指示に従って李妃に仕える。

「つまり、私の姿形について、どう噂《うわさ》されているか、知っていたのね？」

潤霞はたたみかけた。侍女は真っ青だ。

「はい……」

「なんと言われていたの？」

侍女は躊躇《ちゅうちょ》したが、主人の強いまなざしに圧されて、おずおず口を開く。

「李妃様は……陛下の亡くなられた姉君に生き写しだと。陛下はそれゆえ、李妃様をお気に召されて、お側に置いておられるのだと……」

潤霞は床に倒れ込みたい気分に襲われた。

「あの、でも、これは本当に噂で、陛下とお付き合いが長いという古参のお妃様たちが、そうおっしゃっているというだけの話で……！」

侍女は必死になって弁解しようとする。潤霞を励まそうとしているのか、自分の失態をとりつくろおうとしているのか、見分けがつかない。

「……もういいわ」

潤霞は自分でも意外なほど、投げやりな声が出てしまった。その冷たい響きに、自分とさして年齢の変わらぬ娘が怯《おび》えるように肩を震わせる。その反応に、潤霞はあらためて笑顔をつくろうとした。

「怒っているわけではないわ。あなたから聞いたということは、誰にも言わない。約束するわ。ただ、少し、一人にしてほしいの。……いいかしら？」

「では、なにかご用ができましたら、すぐにお呼びくださいませ」

侍女は頭を下げ、そそくさと部屋を出て行った。

潤霞は注がれた茶に手をつける気にもなれず、ぼんやり椅子の背にもたれる。

その夜も明王の訪れはあった。彼は昨日と変わらず潤霞を隣に座らせ、潤霞の心と体を気遣う。しばらく他愛のない会話をかわしていたが、ふと明王がなにかに気がついた。

「雪だ」

「え？」

言われて、潤霞も明王の視線の先を追う。二人とも足元に火鉢を置いてくつろいでいたのだが、そのぬくもりも届かぬ距離で切りとられた窓のむこう、小さな黒い闇の中に、白い粒が舞いはじめている。

「やはり今年は早かったか」

言いながら明王が立ち上がった。窓に寄る。潤霞もつられて彼の横に並んだ。

暗い灰色におおわれた天上から、白い欠片《かけら》がはらはら舞い落ちてくる。その様子に、潤霞は反射的に身を縮ませた。

雪が降れば、日々はますます過ごしにくくなる。凍死の可能性も夢ではない。潤霞の胸に本気の危機感がよぎり、ついで、ここが火に事欠かない生活の場所であることを思い出し、そっと胸をなでおろす。

動揺したことで明王を不審がらせたのではないだろうか。潤霞がそっとかたわらの若者をうかがうと、明王は一心に暗い天上を見上げていた。吐く息が白い。

整った横顔、やや細められた瞳。遠いまなざしは潤霞を見てはいない。

空から舞い落ちる欠片に、同じ名を持っていたという遠い人を思い出しているのであろうか。

ふいに胸にこみあげてきた。

「あの……っ」

潤霞は隣の明王に手をのばしてしまう。消え入りそうな横顔を留めたかった。

明王は潤霞を見、驚いたような表情になる。

その反応で、潤霞は彼が自分を見ていること、自分がここにいて、彼と話していることが幻ではないことを実感する。

「どうした？」

せっぱつまった様子だったのだろうか、明王が気遣う表情で潤霞の頬《ほお》に触れてくる。そのあたたかさにすがるような思いで、潤霞は必死に口を動かそうとする。

「あの……あの、私……」

『私は陛下の姉君の身代わりですか？』

聞いてしまったのです、あなたに大切な家族がいたことを。その方を失って、心底悲しんでいたことを。

私はその悲しみを癒すための、ただの道具なのですか――？

潤霞は唇を動かす。が、声は出てこない。

明王もそんな彼女の様子を不思議そうに、けれども辛抱強く、言葉の先を待つ。

しばらく、見つめあったままの状態でいたが、やがて潤霞のほうから力が抜けた。肩をおとして口をつぐむ。

「李妃……？　どうした？」

心配そうに明王が潤霞の肩を引き寄せたが、潤霞はなにも言うことができなかった。かわりに明王の背にそっと両腕をまわして、その肩に顔をうずめる。これまでこんな風に、潤霞のほうから積極的に触れてきたことはなかった。

「李妃？」

明王もそれは気づいたのだろう、潤霞の顔色をうかがおうとしたが、潤霞は顔をあげず、そのかわり言葉で誤魔化した。

「すみません……少し……寒くて」

「それなら早く、火の側へ――」

明王はいそいで潤霞を火鉢のそばへ移動させようとしたが、潤霞は首をふった。

「ここでいいです。そのかわり……少し、このままで」

潤霞は腕に力を込める。明王は、潤霞の珍しい態度を不思議に思わなかったわけではなかったが、深く追及することはやめた。

言われたとおり、その腕に寵妃の細い体を包み込んで自らの体温であたためてやる。

降りだした夜の雪を背に、しばし無音の時間が流れた。

あたたかい明王の腕の中で、潤霞は何度も自分に言い聞かせる。

(別にいいじゃない)

身代わりでも、なんでも。

今、潤霞は毎日の生活を保証され、誰もが羨《うらや》む贅沢《ぜいたく》な日々を送っている。家柄や身分はなくとも、国王の寵妃といえば、国中の女たちが一度は憧れる未来であろう。潤霞は今、その立場にあるのだ。

細かいことを気に病む必要はない。ただ、この毎日を静かに過ごせばいい。ここにはなんの悩みもない。朝起きるたび、その日の食事を心配しなければならなかった頃にくらべれば、夢のような生活ではないか。

悩む必要はない。憂える事柄もない。誰でも、いつかは誰かのもとに嫁ぐ。潤霞はそれが国王だっただけ。

身も知らぬ相手と結ばれることなど、親が縁談を決めるのが当たり前のこの時代には、珍しくもなんともない。ただ少し、予想外の相手だっただけだ。それだけだ。

嫁いだことで将来の不安は消えた。充分すぎるほどの結果ではないか、自分はなんと幸運なのだろう。なにも思い煩うことはないのだ……。

そうくりかえしながらも何故か、潤霞は寒さとは異なる痛みが胸にしみてくるのを、おさえることができなかった。

五　新たなる出会い

冬が深まり、年が改まった。王都には雪が降り、後宮の庭も銀世界に塗り変えられる。

李妃潤霞《りひじゅんか》の生活は相変わらずで、明王《めいおう》の訪れは足繁く、錦《にしき》のあとには新しい珠玉も贈られてきた。周正妃《しゅうせいひ》との関係も良好で、そのおかげか、口さがない者たちのやっかみや嫉妬《しっと》の声が潤霞の耳に届くこともない。少なくとも大っぴらには。

自分にふってわいた幸運。その理由の真実を知ってしまった潤霞だが、それを憂えることはやめようと、きっぱり心に決めていた。

灰色の空から降り落ちる白い欠片《かけら》が、潤霞の心を決めさせたのだ。

村では、雪が降るたび、凍えるしかなかった。両親を亡くし、働き手を失った潤霞はその日の糧もさだかではなく、あのままなら、今頃は毛布にくるまって冷気に凍えていたか、いっそ心臓が凍りついていたかもしれない。

毎年の冬のつらさを身に染みて理解していた潤霞だからこそ、衣装にも住居にもあたたかい食事にも不自由しない今の境遇は、素直にありがたいと感謝することができた。

この生活とひきかえなら、なにを憂えることがあるというのか。

村にいた頃の自分と、後宮にいる今の自分。その落差や変化に驚かされることは、まだ時々ある。だが潤霞は意識して、村への郷愁を封じ込めようとした。

下には下がいる。上を見てもきりがない。完璧《かんぺき》な結婚生活など、ありはしないのだ。打算でもいい。明王からは数えきれないほどのものを与えられている。どんな理由であれ、彼は潤霞を望んでくれているのだ。それは貴重なことではないか。

夫との間に一つや二つの不満や溝があるのは、むしろ当然のこと。それを憂えるより、今、与えられたものに満足して生きていこう。後宮で暮らすことと、昔の純粋な気持ちを忘れないこと、それはけして両立できないことではないはずだ。

そう心を定め、実際にそう行動するよう、心がけた。

明王の言葉に耳をかたむけ、彼がくつろげるように心を砕き、体調や精神状態を気遣った。一方で、明王の好意を盾に贅沢《ぜいたく》をくりかえしたり、他の妃《きさき》たちを陥れるような真似は慎んだ。書を読み、礼儀作法を学び、歌舞音曲を習って少しでも妃らしい、後ろ指を指されることのない女人《にょにん》になれるよう、努力を重ねた。

そうこうしている内に年が明け、新年の宴が盛大に催された。

その日は朝から大騒動だった。普段より早く起床し、この日のために前もって選んでいた緑の錦の衣装と数々の装飾品を、侍女たちが手分けして潤霞にまとわせていく。髪を結い、簪《かんざし》をさして紅をさす。彼女たちも普段より上等の衣装と凝った髪型で装っていた。

潤霞は侍女を引き連れて自分の棟を出、先導にしたがって後宮の回廊の石畳を進む。まず到着したのは後宮内に建てられた大きな廟《びょう》、周正妃はむろん、後宮中の女が集って祖霊への新年の挨拶《あいさつ》と一年の祈願を行う。

それから後宮の女主人である周正妃への挨拶を、後宮での地位に従った順番で行い、正妃からの言葉をもらう。侍女たちと新年を言祝《ことほ》ぎあい、夕方からようやく宴であった。

女官の説明によると、元旦《がんたん》の宴は女たちのみ、後宮で催され、彼女らの夫である明王は家臣一同が集う本宮《ほんぐう》の宴に出席するのだという。中には、この祝宴を抜け出して新年早々、女のもとに足を運ぶ王もいたそうだが、明王雪峰《せっほう》はそのような軽薄なふるまいには及ぶまい。

したがって潤霞が彼に会えるのは、早くとも二日になってからのようだった。

「二日目は陛下は後宮のみな様と、新年をお祝いになられます。この宴は本宮で催され、後宮の方々も特別に後宮をお出になることを許されます」

出席するのは大臣や王族の一部など、特に身分と地位の高い者に限られるという。彼らは平時にも、許しさえ得れば後宮をおとずれる資格を得ているが、一同に集まるというのはやはり珍しいことらしい。

「明日の昼には陛下にお目にかかれるでしょう。今宵は女人ばかり、気兼ねない時間をお楽しみくださいませ」

李妃の身の回りを一手にとりしきる女官、曹《そう》夫人はそう説明した。

祝宴は盛況だった。なにせ女ばかりだから、どうしたって場の雰囲気は華やかなものとなる。そこここで数人が輪になって終わりのないおしゃべりに興じ、高い天井に甲高い嬌《きょう》声《せい》が反響して、なお騒々しく聞こえる。

男の目がないせいか、よく見ると、はしたないくらい大きな口を開けて笑う娘や、しどけない体勢になって恥じない女もいた。

曹夫人の説明によれば、元旦の宴には特別に、妃たちの家族の女も招かれるという。潤霞もあらかじめ、生まれ育った村から山三つを越えた先にある町に住んでいる、伯母との面会を知らされていた。彼女の夫は李妃の近縁として、李妃の後宮入りと同時に官位を与えられて後見の任に就いていたので、潤霞にとっては母親代わりということになるのだ。

伯母は姪《めい》の破格の幸運によって自家にふるまわれた恩恵を、へりくだった言葉でくりかえし感謝してきたが、もともと行き来の少ない相手。挨拶を終えるとじき、話題は尽き、潤霞はあたりさわりのない会話をかわしながら、そっと周囲に視線をめぐらせた。

たしかに、言われてみると普段より女の数が多い気がする。注意して観察してみると、どうみても後宮にふさわしいとは思えぬ年配の女人に、若い妃が甘えるように話しかけている席もある。にぎやかなのは、一年に一度の再会を喜んでいるせいかもしれなかった。

宴席のもっとも高い位置に座す周正妃も、母親や姉妹と思しき豪華な装いの女人たちと嬉《うれ》しそうに語りあい、料理をつついている。

潤霞は胸に一抹の寂しさを覚えた。両親を亡くして、一年。一人娘であった潤霞には、後宮が許しても訪れてきてくれるような女の家族はいない。

目の前の、母親代わりを名乗る女は、姪が後宮にあがったことにより、自分と、自分の家族が得た恩恵について、自慢だか追従《ついしょう》だかわからない言葉でえんえん話しつづけている。だがその自慢話も、全身を包む喧騒《けんそう》も、今の潤霞にはどこか遠くに感じられた。

潤霞は立ち上がる。酒の香に酔ったと言い訳して席を離れると、座の空気を壊さぬよう静かに、さり気なく回廊へ出た。

外は一転、真っ暗な夜の雪景色である。

黒く塗りつぶされた木々の枝に純白の雪がつもり、松明《たいまつ》の橙《だいだい》の光に照らされ、金色に輝いている。空には白い星がまたたき、空気は凍てつくようであった。

潤霞は深く息を吸い込んで吐き出す。息は白く染まって、やわらかい綿毛のようだ。夜の冷気が容赦なく肌を突き刺すが、灯火の熱気と酒の香に火照《ほて》った頬《ほお》にはかえって心地よく、まどろみかけていた頭がすっきりと目覚めていくようであった。

そのまま潤霞は掃き清められた回廊にそって、十数歩進んだ。寒くなれば、すぐ宴席に戻るつもりでいる。なにも考えずに歩いていると、星空の隅に黒く切りとられた大きな屋根の形に気がついた。本宮の片隅だ。

今頃はあちらでも盛大な、こちら以上の規模の祝宴がひらかれているのだろう。明王も今宵は本宮で休むと聞いている。貧しい田舎に育った潤霞には、王の出席する、一年でもっとも贅沢だという祝宴がどのようなものか、想像することもできなかった。

ただ、国王の宴も、すぐ隣で催されている後宮の宴も、村でのお祭りとは天地ほどの差があると思い知らされるばかりだ。

潤霞は、一年前まではたしかに毎年楽しみにしていた、村での新年の祭りの光景を思い出してみたが、今となってはどれも遠い記憶でしかなかった。

胸に染み入る痛みにも似た冷たさを堪えて、庭園に出る。雪はどけられていたが、凍りついた土がぱきぱきと小さな音を立てた。

雪明かりにほの白く咲いていた花弁の清らかさに惹《ひ》かれて、白椿《しろつばき》の大樹の周りをゆっくり一周する。突然、うしろに引き寄せられた。

「!?」

潤霞は心臓が止まりそうなほど驚く。

「だ……！」

反射的に叫ぼうとしたが、一瞬先に口をふさがれ、声を封じられてしまった。

恐怖を覚えた潤霞はとにかく逃れようと、必死で手足を動かし暴れようとする。

が、腰回りをがっちり押さえられ、指先は空《くう》をかくばかりだ。

青ざめた潤霞の耳もとに「しーっ」とささやく声があった。

楽しむような、落ち着いた若い声。

口をふさいだ手は乾いて大きく、腰をとらえた腕はたくましい。細い体をすっぽり包んだ体は大きく、どうやら男性、それも若者らしかった。

ひょっとして。

（……明王陛下……？）

今晩は来ないと告げられていたが、あの明王ならば、自分会いたさに「抜け出して来た」と現れてもおかしくない気がする。

潤霞はおそるおそる抵抗をやめてみた。

すると相手も、潤霞を捕まえていた腕から力を抜く。ひそやかな笑い声が耳に届いた。

「半年ぶりだな、我が佳人よ。明日の再会が待てずに、こんな所まで忍んで来てしまったぞ」

自信に満ちた男らしい声。

だが明王ではない。

ふたたび怯《おび》えが這《は》いあがってきた。口をふさいでいた手が離れる。

「誰？」

震えかける声で、背後をふりかえる勇気も出ずにたずねてみると、男のほうから潤霞の肩をつかんで自分へとむきなおらせた。

「誰とは心外だな。私の声を忘れたのか？　明王の愛はかくも熱いものだったか？」

庭と回廊を照らす灯火の遠い明かりと、かすかな星の輝きの下に、潤霞と相手の姿が浮かびあがる。

潤霞は緊張したが、相手も困惑したようだった。

間違いなく、人違いである。それはむこうも気がついたらしい。動揺する気配が伝わってくる。

「あの……どなた様でございますか？」

相手の戸惑う様子に少し落ち着きをとりもどして、潤霞は突然の闖入者《ちんにゅうしゃ》に問いかけてみた。後宮は男子禁制だ。女たちの夫である国王をのぞいて、めったな者は足を踏み入れることすら許されない。

ただ、目の前の男は安っぽい狼藉者《ろうぜきもの》には見えなかった。

暗がりだが、着ている物は高級品のようで、雪明かりに細かな縁取りの金糸がきらめいている。髪はきちんとまとめられ、香りよい油の匂《にお》いもただよってくる。

なにより、先ほど潤霞の耳もとでささやいた声には、育ちの良さと他人に命令することに慣れきった様子がにじんでいた。下層、いや、下級中級の人間ではあるまい。

潤霞は自分より高い位置にある男の顔を見上げた。細部までは確認できないが、なかなか整った顔立ちをしているのではないだろうか。その推測がまた、上流の人間らしいという予測を補強する。

男子禁制の後宮にも出入りを許された、一握りの高官のうちの誰かかもしれない。しかし、そうだとしても……。

警戒心から一歩さがろうとした潤霞の腕を、男がすばやくつかんで自分へと引き寄せてしまう。見知らぬ男の胸に抱かれる格好となり、潤霞は目をみはった。

「参ったな」

あまり困った様子ではない、男の落ち着きはらった声。

「暗闇《くらやみ》のいたずらで、思わぬ人違いをしてしまった。許せ」

「はあ……」

潤霞はあやふやな言葉を返す。思い返してみれば、あれほど自信たっぷりに声をかけておきながら、肝心の相手を間違えたのだから、間抜けといえば間の抜けた話だ。

だが男は悪びれた様子もなく、かえって面白がるように潤霞を抱きしめてくる。潤霞は慌てた。自分は王の妃だ。こんな所で王以外の男性と抱き合っているのを目撃されたら、どんなことになるか。

不義の罪に問われた妃が、どのような末路をたどったか。潤霞も後宮のしきたりを教えられた際に、くどいほど実例を聞かされている。

「放してください、どなたですか？　ここでなにをしているのです？」

きっぱりと抵抗しようとするが、男は逆に楽しんでいるようだ。ますます腕に力を込めて、甘い声音《こわね》で低くささやいてくる。

「誰とは恐れ入る。この声を聞いて私のことを思いつかぬとは。さては新入りか？　どこの棟の者だ。それとも外から来たのか？」

男は潤霞を、妃に仕える侍女か、元旦の祝宴に招待された妃の家族と思ったらしい。その勘違いに腹を立てる気はなかったが、馴《な》れ馴《な》れしく触られつづけるのは勘弁ならなかった。それでなくとも今にも見回りの者がやってくるかもしれないのだ。

「放さないと、人を呼びますよ！」

潤霞はせいいっぱい虚勢をはった。

それで相手が怯《ひる》んだとも思えなかったが、男は一応、潤霞を放した。さすがに万一、大声を出されては、と用心したのだろう。だがまだ潤霞の片方の手首をつかんでおり、聞こえてくる声にも面白がる響きが残っている。

「娘、名を教えろ」

当然のように問うてきた。潤霞は警戒する。

「そちらが先に」

「名を知らなければ、今宵の詫《わ》びもできない」

「けっこうです。あなた様こそ、今夜のことが明王陛下に知られれば、ただではすまないのでは？　今なら見なかったことにします。お帰りください」

「気の強い女だ」

男の笑い声が聞こえた。ついで、なにかが折れる小さな音が。

音のしたほうをむいた潤霞の鼻先に、美しい白の花が差し出される。椿だった。

「詫びがわりにこれを。明日の本宮の宴に出るのなら、これを髪にさして来い」

「何故……」

「目印だ。この暗がりでは、そなたの顔もしかとは見分けることができない。そなたが後宮の女であれば、そうと知らずに明日の宴ではちあわせた際、お互いぼろを出してしまっては困るであろう？」

潤霞は困惑した。

「私はあなた様のお名前も身分も、なにも存じません。宴で顔をあわせたとしても、知らぬ存ぜぬで通せばよいだけではありませんか？」

「知っておくにこしたことはない。万が一、そなたが別の男を私と勘違いして、今この時のことを漏らしてしまったら、どうする？」

潤霞は言葉を失う。その隙《すき》をつくように、男が潤霞の耳に枝をはさんだ。

「忘れるな。明日の宴だ」

そう言い残して、男は足取り軽く回廊の奥の闇に姿を消してしまう。

潤霞は啞然《あぜん》として、今起きた出来事が現実のものか、己の目と耳を疑った。そこへ聞き覚えのある声がかけられてくる。

「誰？　そこにいるのは」

潤霞は心臓が跳ねあがった。

「周正妃様……」

ふりかえると、宴の間からもれる明かりを背にして回廊に立っていたのは、後宮の若い女主人である。周正妃も、潤霞に気がついたようだった。

「ひょっとして……李妃様？　なにをなさっているの、こんな所で」

潤霞は慌てて回廊にあがる。

「酔いを醒ましていました。少し酒の香に酔ったようで。周正妃様こそ、何故こちらに？」

「逃げてきたの。母の説教が面倒だったから」

周正妃はいつもの調子で肩をすくめる。簪にいく筋も垂れた珠の連なりがゆれて、ちゃらちゃら音を立てた。全身のいたるところに飾った珠玉や金銀の縫い取りが灯火に反射して、星を縫いつけたようだ。

高級品に遠慮がある潤霞と異なり、おしゃれ好きな周正妃は値打ち物でも気に入りさえすれば、どんどん身につけてしまう。

「父も母も、口を開けば、陛下の寵愛《ちょうあい》を得ろ、後継ぎを産めと、そればかり。下心が見え見えなのよ、不純だわ。ねぇ？」

同意を求められたが、潤霞は答えようがない。周正妃が明王の寵愛を得られないのは、自分がそれを独占しているせいでもあるのだから。

もっともその理由は……。

潤霞は頭をきりかえた。

「宰相《さいしょう》夫人様は、周正妃様を案じておいでなのですわ。年に一度しかお会いできないのでしょう？　しっかりお話しして、楽しんでおくべきだと思います」

もう一生、母親とは会えなくなってしまった潤霞は、心の底からその言葉を述べる。そのことに気づいたかどうかはわからぬが、周正妃も無用な反論はしなかった。

「まあ、もう少ししたら戻るわ。母も年ですもの、労《ねぎら》ってあげなければね。李妃様はお戻りなさいな、少し寒そうよ」

そして潤霞の片耳に目をとめた。

「きれいな椿ね、そこで折ったの？」

潤霞は先ほどの出来事を思い出し、思わず頭に手をやる。

「そ、そうです。大丈夫……だったでしょうか？」

「なにが？　花を折ったこと？　平気よ。この後宮で、明王陛下の寵妃である、あなたのやることに、文句を言える人がいるものですか。大丈夫、よくお似合いよ」

そしてひらひらと手をふって庭に出て行ってしまった。

潤霞は一つ、くしゃみをする。肩が冷え、長い裾《すそ》の端から冷気が足を這いあがってきている。

慌ててあたたかい宴席に戻った。


翌日も朝早く起こされた。宴は深夜に及んだので、眠った気がしない。潤霞は重い頭をこらえて、しぶしぶあたたかい寝台から離れる。朱の錦の衣装をまとい、髪を油で整え、昨日とは別の珠玉を髪や首に飾った。

侍女の先導にしたがい、後宮の唯一の出入り口にむかう。門の前で、各々の侍女を引き連れた妃たちが勢ぞろいしていた。最後に周正妃がやって来るのを待って、門の大扉が開かれる。すると周正妃の一行を先頭に、しずしずと女たちが門をくぐりはじめた。

後宮の外に出るのは本当に久しぶりだ。晴れわたった青空は門の内と変わらぬはずだが、まったく違って見える。吹きつける寒風さえ、門の中より澄んでいる気がした。

他の女たちも開放感を味わっているのだろう。私語は慎んでいたが、ただよう雰囲気が和やかになっていくのが感じられる。

妃の列はそのまま石畳の上を進んで、本宮をとり囲む高い塀にあいた門の中へと呑《の》み込《こ》まれていく。まっすぐ目的地にむかっているはずだが、王宮は歩くと本当に広かった。

畑仕事や薪《まき》拾いが当たり前だった潤霞は、歩くのには慣れているはずだったが、玉を縫いつけた小さな沓《くつ》を履いていたのが悪かったのだろうか。足が痛くなってくる。

女たちは本宮へ迎え入れられると、国王の待つ謁《えっ》見《けん》の間へ導かれた。太い柱が並んだ重厚な回廊に、華やかな色彩にいろどられた華麗な行列が伸びていく。

兵に守られた大扉をくぐると、高い天井の下、正装に身を包んだ重臣たちが左右にずらりと並び、その最奥に置かれた王の椅子《いす》に、一人の若者が腰をおろして待っていた。

二日ぶりの明王だ。冠をかぶり、重そうな国王の正装に身を包んだ若者の姿を目にすると、潤霞は我知らず安堵《あんど》のため息がもれる。

妃たちの、国王への新年の挨拶《あいさつ》がはじまった。

ここでの対話は形式的なもので、かわされる言葉も型どおりのものだ。

周正妃とその一行が、重臣たちの間を淑《しと》やかに進んでゆく。重臣たちの列が終わった位置で、一行もいったん立ち止まり、侍女たちはそこまでだ。周正妃だけが明王の前に進み出て、作法どおりに一礼し、王に新年の挨拶を述べる。

明王も型どおりの返答をかえす。

同じことを、他の妃たちも順番にくりかえした。

潤霞は行列の中から、呆《あき》れるような感心するような思いでその進行を見守る。後宮に暮らす妃は、あわせて何十人いただろう。自分の番をじっと待つ妃たちも妃たちだが、えんえん同じことをくりかえす明王の忍耐もたいしたものだ。普通の男なら、絶対途中で飽きて、顎《あご》を出しそうなものなのに。

明王の寵妃とされる潤霞だが、妃としての位はそう高くない。後宮に入って日が浅く、もともとの身分も低いため、慣例としてあまり高い地位を与えるわけにはいかなかったからだ。この先、明王の側での時間を重ね、公子か公主を出産すれば、その功績にともない位も引き上げられるだろう。

やがて潤霞の番がきた。潤霞は先の妃たち同様、侍女を引き連れて静かに歩き出す。緊張で一時、足の痛みを忘れた。むしろ震えが膝《ひざ》にのぼってくる。

左右から視線が集中している気がした。気のせいではなく、重臣たちの誰もが、長年女人に関心を示さなかった国王を虜にした寵妃に、好奇心いっぱいだったのである。

潤霞は侍女たちから離れて一人、明王の前に進み出る。

足元がおぼつかない。けれどもせいいっぱい、習ったとおりの優雅な歩き方を心がけた。衣擦れの音が足元から、簪の珠が触れ合う音が耳もとから響く。

明王の寵妃、李妃は美しかった。

周正妃をはじめとする、幼い頃から深窓で育てられ磨きあげられた上流の姫君たちの、贅沢が板についた華やかさには欠ける。だが貴族の姫君にはない、虚飾をとりはらった清《せい》楚《そ》な雰囲気がただよっている。

なによりも、風にゆれる柳の如きたおやかな風情は、今は亡き明の第一公主の面影を鮮明に呼び起こし、彼女を知る中年以上の重臣たちにしみじみとした懐かしさを覚えさせた。

潤霞は定められた位置まで来ると、足を止めて頭《こうべ》を垂れる。

後宮であれほど語りあい触れあった相手だというのに、正装をして王座に腰をおろした明王は潤霞の知らぬ高貴で豪華な存在のようで、意識しなくとも気後れしてしまう。

型どおりの挨拶を述べた時には、語尾が震えた。

型どおりの返答がかえってくる。

けれど、その響きは先ほどまでの妃たちに対するものよりずっとやわらかく、あたたかみがある。

潤霞はそっと顔をあげる。

明王の、しみいるようなまなざしでこちらを見下ろす瞳があった。

潤霞の胸から一瞬にして緊張が溶けて消える。

作法どおりに一礼して侍女たちのもとまでさがり、次の妃へと譲った。

すべての妃の挨拶がすんだのは、正午もすぎてのことだった。女たちは誰《だれ》しも、一仕事終えた疲労感で空気がゆるんでいる。このあとは、王と大臣たちをまじえた本宮での大宴会だ。妃たちはあてがわれた部屋で化粧をなおしたり、衣装を着替えたりする。

潤霞は着替える必要がなかったので（侍女たちは新しい衣装を持ち込みたがったが）、白湯を一杯もらってゆっくり足を休めていた。

やがて本宮に勤める女官が迎えに来て、宴が催される大広間へと案内される。宴会場は別世界だった。

昨夜の後宮での宴席にも驚かされたが、本宮での大宴会はそれ以上だ。数えきれない酒と料理が並び、松明や灯火がいたるところで惜しみなく燃やされている。いったい、この料理だけでも、村の人間たちをどれほど養えるのだろう。

人間、あまりにも桁外《けたはず》れな光景を目の当たりにすると、考えるのも馬鹿《ばか》らしくなってしまうようだ。潤霞は計算する気力もわいてこなかった。

女官の案内にしたがい、定められた席に着席する。上座に周正妃の姿も見えたが、この宴では妃は軽々しく席を立ってはいけないと、あらかじめ言い含められていた。

国王の音頭と共に杯があげられ、いっせいに祝宴がはじまる。広く高い天井に、人々のざわめきと軽やかな音曲がまじりあって反響しはじめた。

宴の間、潤霞は料理を楽しみながら時間が過ぎるのを待つつもりでいた。ここには知り合いはいないし、一生に一度、食べられるかどうかというご馳走《ちそう》ばかりだ。いずれ追い出された時のためにも、よく味わっておくべきであろう。

だが潤霞のそんな心づもりも、周囲によってあっさり粉砕されてしまった。潤霞が箸に手を触れる間もなく、たちまち彼女の前に長蛇の列ができてしまったのである。何事かと思うと、新年の挨拶を申し出てきた者たちだということだった。

初めにやってきたのは、親代わりである田舎の伯父だ。新しい衣装に身を包み、それなりに重厚な表情を作った伯父は、少なくとも田舎の町人には見えない。小型だが冠もかぶっている。

その姿で、伯父は自分の娘の年齢の姪に深々と頭をさげた。

「李妃様につきましてはご健勝の様子、まことに重畳《ちょうじょう》にございます」

それなりに慣れた様子で、一応の台詞を述べて見せる。自分もはたから見れば、このような感じなのだろうか。伯父はさらに、李妃が後宮にあがったおかげで自分がどのような地位につけたか、どのように豊かになったのか、感謝と追従の言葉をとうとうと語る。

あとは一日も早く明王の子を身籠《みごも》り、その地位が磐石《ばんじゃく》になることが、自分と、自分たち一族の願いだと告げられた時には、潤霞はあやふやに笑うしかなかった。

客はさらにつづく。

ほとんどは今日この日、はじめて会う人物ばかりであった。みな、国王の唯一の寵妃となんとかして誼《よしみ》を結びたいと考える者たちなのであろう。後宮ではかなり高い地位や身分、それに代わるつてがない限り、妃との面会は容易ではないから、この日をおおいに活用しようということらしい。

だが挨拶されるほうはたまったものではない。

料理に箸をつけることもできぬまま、次から次へと入れ替わっていく顔にとにかく返事をかえしつづけ、四方から迫ってくる美味そうな匂《にお》いをひたすらこらえる。自己紹介は逐一されたが頭の容量はとっくに飽和状態で、一人の顔も思い出せなかった。

それでも時間がたつにつれ、ようやく列は残り少なくなり、とうとう最後と思しき一人も腰をあげようとする。潤霞はようやく、食事に手をつけられると安堵《あんど》しかけた。

そこへあらたな人影が現れる。

潤霞はいっそ、泣きたい気分になった。すると隣にいた女官が緊張した様子で、相手の身分を潤霞の耳にささやく。潤霞も軽く驚いた。

最後の客は男だった。それも立派な容姿の。これまでに並んだ誰より上等で重厚な衣装に身を包み、大ぶりの冠を頭にのせている。肩幅はひろく首筋もしっかりして、その上にのった顔は美形だった。客の応答に疲れた潤霞の目にも、その顔立ちは飛びぬけている。

男はゆったりと一礼し、己の名と地位を名乗る。

そして潤霞の髪を見やると、目を細めた。

「美しい椿だ。気丈な李妃様には、夜の闇にも輝く純白が似つかわしい」

男――明王范《はん》雪峰の従兄弟《いとこ》だという将軍が笑った。

六　国一番の美丈夫

　宴はおおいに沸《わ》いていた。先の一年をふりかえれば、これからの一年が必ずしも幸福に満ちたものでないことを予測できる身の上の者もいよう。だが今日この時は、新しい年に天の祝福があることを祈って心ゆくまで騒ぎ、そして英気を養おうとしていた。夜座はすでに無礼講へ移り、空には星が、丸い太陽は細い月にとってかわられている。夜の大気は凍てつくほどであったが、宴の間には酒の香と料理の匂《にお》いと熱、なによりそこかしこにともされた灯火と数百を越す人々の熱気が充満し、混じりあって独特の空間を作りあげていた。

　はじめは定められた席についていた大臣たちも、酒瓶や杯を持って移動し、同僚たちとの交流にいそしんでいる。気に入った侍女を見つけて庭へ誘う男も少なくない。

　妃《きさき》は席を動いてはならぬと指導されていたが、潤霞《じゅんか》は席を移っていた。無礼講となった途端、明王《めいおう》の侍従に王の隣へと呼ばれたのだ。

　潤霞は遠慮したが、逆らえるはずもない。妃はむろん、宴席中の視線が集中しているようないたたまれなさの中、明王の席に侍《はべ》った。

田舎の片隅から王都の中央に見出されし、秘められたる宝珠。一介の村娘から国王の寵妃《ちょうひ》にのしあがった、強運の象徴。あるいは、成りあがり者。

人前に出る時、潤霞はいつも、自分がどのような目で見られているのか気にかかる。これもまた、ここに来さえしなければ一生、縁のない悩みではあっただろう。

指示されたとおり明王の隣に腰をおろすと、普通に話す時の音量で、明王からあらためて新年の挨拶《あいさつ》をもらった。謁見の間での形式ばった台詞より、はるかに気安く親しみやすい声音《こわね》だ。

潤霞も胸をなでおろす気分で、もう一度、新年の挨拶をくりかえす。

明王から贈られた朱の錦《にしき》で仕立てた衣装を誉められ、新年の目標……というよりは、ささやかな願いを聞かされた。

「今年こそは、李妃《りひ》の演奏が聴きたいな」

「駄目です！　まだとても、お聴かせできるものではありませんから‼」

潤霞は飛び上がる思いで首と手をふる。一応、後宮に入ってから、琴と歌と舞を習っている潤霞だが、まだまだ、人に聴かせられる段階ではない。

明王は笑った。

「では、いつになったら、聴かせてもらえるのだ？」

「それは……今年の……そうですね、大晦日《おおみそか》までには……」

真っ赤になって潤霞が口ごもっていると、王の席に一人の若者がやって来て一礼した。

「仲睦《なかむつ》まじいところを申し訳ない。陛下、噂《うわさ》に高い秘宝を是非、紹介していただきたい」

なれなれしいほどに親しげな口調で話しかけてきたのは、上等の衣装に身を包んだ范《はん》左将軍伯陽《はくよう》。明王范雪峰《せつほう》の従兄弟《いとこ》だった。

明王は軽くため息をつく。

「相変わらず目敏い奴だ。先ほど、侍女と共に、庭に消えたのではなかったのか？」

「誤解だ。どうしても大事な話があると言うので、耳を貸しただけのこと。なに、本人同様、とるに足らぬ内容だった」

苦虫を噛《か》み潰《つぶ》す明王の杯に、范将軍は頓着《とんちゃく》せずに酒を注ぐ。その態度には同年代の若者同士だけが持てる親しさ、付き合いの長さゆえの気安さが見てとれた。

普段、重責を負って難しい表情をすることの多い明王が、友人と騒ぐ村の青年のように見える。このような表情をする相手もいたのかと、潤霞は内心で意外な、新鮮な気分になった。

その新しい一面を引き出した張本人がくるりと、潤霞を真正面から見つめる。

潤霞は思わず心臓が鳴った。

興味津々といった従兄弟の様子に、明王はあきらめたような顔で口を開く。

「李妃だ。二月……いや、もう三月前か。地方を視察した折に知り合った。李妃、こちらは范左将軍。私の叔父の息子だ」

「先ほど、お会いしました」

潤霞はそれだけ言って一礼した。先ほど、彼から新年の挨拶をもらった時にうけた驚きはまだ、この胸に残っている。髪に飾っていた椿《つばき》だけが失せていた。

萎《しお》れてきたという口実で侍女にとりのぞかせたのである。

潤霞のそんな胸中を知ってか知らずしてか、若き王族、范伯陽は楽しげに話しかけてきた。

「あらためてお見知りおきを、李妃様。あなたと陛下の出会いを、陛下の友人として、従兄弟として、また明の臣下として心よりお祝いし、天の神々に御礼申し上げる。いや、この御方は私と一歳しか違わぬというのに、手のつけられない堅物で。大臣たちを、やきもきさせつづけてきたのですよ」

「よけいなお世話だ」

杯をあげて笑う范将軍に、明王は渋い表情を作る。どうも性格は対照的なようだ。

明王はどちらかというと口数も少なく、物静かな雰囲気の青年であったが、この従兄弟は逆であるらしい。仮にも一国の王に諫《いさ》められたというのに、臆《おく》する様子もなく、従兄弟の寵妃に話しかけてくる。

「あなたがいらしてくださり、本当に良かった。あなたへの陛下のご寵愛の深さは、辺境にまで噂が伝わっていたほどです。大臣たちも、ようやく胸をなでおろしていることでしょう。それにしても、噂にたがわぬ佳人だ。秘められたる至宝とは、よく言ったもの。このような美珠が田舎に眠っていたとは、にわかには信じがたい」

男らしい端正な顔に甘やかな笑みを浮かべられ、潤霞は動揺した。世辞とわかっていても、あからさまな賛辞の言葉にはいまだ慣れない。明王が横から口をはさむ。

「范将軍の言葉は話半分に聞いておいたほうがいいぞ。この男は口から産まれたんだ」

「心外です、陛下。美しい女人を褒め称えるのは、男の特権でしょう」

笑った范将軍の男らしい横顔に、潤霞は内心、さもあらんとうなずく。賞賛の流暢《りゅうちょう》さは、この男が女人の扱いに慣れていることを如実にうかがわせた。

潤霞は「気をつけるんだよ、口のうまい男にろくな奴はいないんだからね」とくりかえし忠告していた村の老婆を思い出す。

「本当に、陛下より先に私がお会いしたかった。出会えるとわかっていれば、てこでも東に行かなかったものを」

「東……ですか?」

訊き返《かえ》した潤霞の問いを、明王が引き取る。

「范将軍は先日まで、東の国境警備の任についていたのだ。今、あの辺りは騒がしい」

「北東の閃国《せんこく》がうるさいのですよ。あそこは二代目に代替わりした途端、堰《せき》を切ったように周辺諸国に襲いかかっている」

同年代の軽口のような会話の中にお遊びではすまされぬ響きを聞きとって、潤霞は指先に力が入る。相手は、若くとも国王とその側近。国の中枢にいる者たち。

現実味という点で、そこらの若者のたわごととは雲泥の差があった。

面《おもて》を曇らせ黙り込んでしまった潤霞に、明王が気づいて手を伸ばしてくる。

「心配しなくていい。恐ろしいことは、なにもない。そなたは私が守る」

料理を並べた卓の下で重ねられた手のあたたかさに、潤霞がなにか思うより早く、范将軍のおどけた台詞が割り込んでくる。

「やれやれ。噂は本当だったようだ、確かめる必要もない。私は失礼しよう、このまま長居したら、陛下に恨まれそうだ」

重い衣装をまとっていなければ、肩をすくめていたかもしれない。范将軍は退席の挨拶を述べて、腰を浮かせる。

その瞬間をはかったように、侍従が明王に一言二言ささやいた。明王がそちらに気をとられた隙《すき》に、范将軍は潤霞に一礼する。

「お会いできて光栄だった、李妃様。陛下もあなたという宝を得て、さぞや満足であろう」

そこで少し顔を近づけ、潤霞の瞳《ひとみ》を直視しながら小声で付け足してきた。

「しかし、陛下のためには不幸な美しさだ」

潤霞は虚をつかれる。

「失礼」

范将軍は李妃に聞き返すゆとりを与えず、その場をあとにした。


それから一月後、王宮では狩りが催された。狩りといっても山野の民が行うようなその日の糧を得るための労働ではなく、王と招待客との交流を目的にした恒例行事だ。国王とその一行は兵を引き連れて王宮を出、王都の外に広がる森の入り口に宴席をもうける。そして男たちは狩りに、女人《にょにん》たちは宴席で彼らの帰りを待つのだ。行事なので、狩りには後宮の妃たちも同行を許されている。新参者ではあったが、年があらたまるにともない、後宮内での地位を少し引き上げられていた李妃は、侍女たちと共に同行を許された。あるいはそのために、明王が李妃の位をあげたのだと、陰でささやく者もいる。

とにかく、潤霞は侍女たちに手伝われて紗《しゃ》の垂れ幕をはりめぐらせた馬車に乗り込み、王都の目抜き通りを抜けて、目的地へとたどり着く。下車すると定められた席に案内され、妃たちの前に茶菓子や軽食が並べられて、楽人たちが演奏をはじめた。

「さ、殿方が楽しんでいる間、こちらはこちらで楽しくやりましょう」

野外なのに汚れないかと、潤霞が思わず心配してしまうくらい豪勢に着飾った周正妃が、杯を高く掲げる。根が陽気でおしゃべりな周正妃は、豊富な話題とあけっぴろげな態度で「気さくな正妃様」として後宮内の人望を得ていた。

潤霞は茶をすすりながら聞き役に回って、女たちのおしゃべりに耳をかたむける。しかし話題は、なにかと一つの方向にむきたがっていた。

「ご覧になって。范将軍様がお出になられるわ」

女たちが嬌声《きょうせい》をあげる。

ここ最近の彼女らの話題はもっぱら、あの若い国王の従兄弟が独占していた。

潤霞の目にも、たくましい軍馬にまたがった范将軍の鎧姿《よろいすがた》が映る。その隣に、白馬に騎乗した明王の姿があった。

「凜々《りり》しいわねぇ。明王陛下もご立派だけれど、范将軍様は……」

うっとりした言葉の先はさすがに躊躇《ちゅうちょ》したのか、つづくことはない。だが潤霞も認めざるをえなかった。明王も若き武人としては一人前だが、范将軍の抜きん出た美貌《びぼう》は持ち主に一国の王以上の華を添えている。

「三度の戦《いくさ》に出られたのですって？」

「一度など、敵軍に四方を囲まれながら、獅子奮迅《ししふんじん》のご活躍で突破なされたそうですわ」

女たちが噂しあう。

後宮は男子禁制だ。例外はひとにぎりの高官か、一部の王族に限られる。現明王がその家族をすべて失っている以上、従兄弟である范将軍は明王の近親であり、明王に何事か起きれば、彼の父が明王の後を継ぐはずであった。

范将軍自身、李妃を訪問する明王に同行して、気軽に後宮に足を運ぶ。そのたびに女たちは、妃も侍女も区別なく黄色い声をあげて歓待するのだった。

「范将軍様は、とても人気がおありなのですね」

誰にともなく潤霞が呟《つぶや》くと、「あなたのせいよ」と周正妃が返してくる。

「私？」

「あなたが陛下を独占してしまったから。他の人たちは范将軍をもてはやすしかなくなってしまった、というわけ」

冗談だか本気だかわからない口調で片目をつぶられる。

もともと范将軍は、王宮の女たちの間ではたいへんな人気だったそうだ。明王に子供や兄弟がいないため、王位継承権では第三位にあたるし、二十二歳の若さで左将軍である。なによりあの美貌。

「陛下がこれまでずっと、特定の女人を寵愛なさってはこられなかったでしょう？　だから一部の女は後宮入りをあきらめて、将軍に狙《ねら》いを変えたのね。国王より、国王の従兄弟のほうが手を出しやすいし」

　周正妃は菓子をつまみながら説明する。

「でも……後宮は、陛下以外の殿方と必要以上に親しくするのは、厳禁では……」

「一応はね。でもあなたのように、陛下から充分な愛情と贈り物をもらっている人ならともかく、そうでない人たちはやっぱり、夢を見てしまうものなのよ。望みのない陛下に見切りをつけて、別の、見込みのある殿方にのりかえる夢をね」

　潤霞は複雑な気持ちがわいてくる。

「……実際に、そのようなことは可能なのですか？」

「うーん……」と、周正妃は細い人差し指を紅をさした口もとにあて、しばし視線を宙にさまよわせた。

「本来なら、許されることではないわ。後宮は王のために在るもの、そこに住まう者たちは、下働きにいたるまで、一人残らず王のものだもの。たとえ妃の地位をいただいていない下女や飯炊き女であれ、王の求めを拒むことは許されないわ。ただ、今の後宮は……というより、明王陛下はあのとおりの御方だから」

　現明王、范雪峰は李妃潤霞を寵愛して、それ以外には目もくれない。そのような状態であれば、李妃以外の女は案外、容易に手放してもらえるのではないかと、期待する女もいるのだろう、と周正妃は言う。

「范将軍が、自分をみじめな明王陛下の後宮から救い出してくれるのではないかと、夢想しているのよ。馬鹿《ばか》みたいでしょう?」

にっこりほほ笑んだ周正妃に、潤霞はなぜか同意することができない。後宮のしくみを一番知らない自分が、他の妃たちを「馬鹿」と愚弄《ぐろう》することに抵抗を感じたのかもしれない。

だがなによりも、他の女たちを嘲笑《ちょうしょう》する周正妃の声音やまなざしに気圧された。が、それも一瞬のこと。周正妃はすぐに話題を変える。

「さ。ただ話して待っているのも退屈ね。みな様、どなたが一番の成績をあげるか、賭《か》けてみないこと?」

女たちを見渡して提案する。妃たちの間に面白そうな表情がひろがった。

自らが楽しむためとはいえ、こうした娯楽の提供を惜しまないところが、周正妃の人気の一つでもあるようだ。女たちはうきうきと話にのりはじめる。

「では私は、范将軍様の勝利に、この腕輪を賭けますわ」

女の一人が、玉を磨いた輪を手首から引き抜き、差し出す。金細工もほどこした高級品だが、後宮で妃の地位を得る程度の家柄なら、失って困るというほどの物ではないのだろう。この腕輪を皮切りに、次々と女たちが自分の袖《そで》の中や頭をさぐっていく。

「では私は、この指輪二つを范将軍様に」

「私も范将軍様に、この簪《かんざし》を」

女たちの前にきらめく金銀玉作りの装飾品が投げ出され、それを侍女たちが集めて元締め役となった周正妃の前に運ぶ。

潤霞は内心で目を丸くしていた。妃たちが遊び半分に差し出したもっとも安い指輪一つとっても、村では三月は遊んで暮らせる代物に違いない。

ただただ、ため息をつくばかりである。

そこへ周正妃の誘いがかかった。

「李妃様もお賭けにならない？　今のところ、范将軍が圧倒的人気よ」

たしかに、賭けた相手ごとに分けられた装飾品の山は、范将軍のものが一番大きい。狩りの出席者の腕前を冷静に分析して選んだ者もいるようだが、このまま范将軍が勝ってもたいした儲《もう》けはないだろう。

「私は……」

潤霞は躊躇した。彼女の身につけているものはすべて、他人から与えられたものばかりで、自分で手に入れた品物ではない。けれど。

「では、私はこちらを、明王陛下に」

翡翠《ひすい》と瑪瑙《めのう》をあしらった銀の簪を髪から抜いて差し出すと、どっと座がわいた。

それから、女たちは狩りの結果が出る夕方まで、昼餉《ひるげ》をはさんで思い思いの時間をすごした。たいていの者はおしゃべりに興じていたが、太陽が中天を過ぎる頃にはそれにも飽いてきたのか、侍女や友人をともなって散策に出る者も多い。

野と、森の入り口周辺は兵が警備にあたっており、女たちは彼らが守る限られた範囲をそぞろ歩く。白い領巾《ひれ》をやわらかくなびかせて笑いさざめく女たちは、まだ寒い冬枯れの野を、色とりどりの蝶《ちょう》が舞うようだった。

一方、森の出入り口では数人一組となった下級の兵が出入りし、定められた場所にしとめられた獲物を運んでは、また森の中に戻っていく。獲物は鳥や兎《うさぎ》といった小動物が多かったが、鹿《しか》や狐《きつね》を何頭もしとめてきた組もあった。

やがて陽光の金味が増した頃《ころ》、狩りは終了して武装した男の集団が戻って来る。

潤霞はこの時、侍女一人だけを伴い、森を散策していた。

「お一人で、李妃様になにかあったら」と心配する侍女たちをやんわり退け、森の入り口を少し入ったあたりを歩いていたのだ。そのため、狩りの進行を把握するのが遅れた。

「李妃様、そろそろ狩りが終わるのでは？　ほら、むこうに大臣様のご一行が」

侍女の指さす方を見やれば確かに、馬に乗った恰幅《かっぷく》のよい鎧姿の男と、それに徒歩で付き従う兵士たちの姿が木立の奥に見え隠れしている。

「もう？　なんだか、あっという間だわ」

「私、一走りして確かめて参ります。李妃様は、ここでお待ちくださいませ」

主人の名残惜しむ気持ちを察したのか、侍女が気を回して森の外へむかう。短いが、一人になる時間を与えてくれたのかもしれない。

潤霞はわずかな時間を惜しむように、ふたたび歩きはじめた。入り口周辺はあらかじめ人の手が入っているため、長い裾《すそ》で歩いても引っかけてしまう下草や小枝はない。

黄昏《たそがれ》前の陽光が木立の間に長い影を落としている。もうしばらくすれば森は暗闇《くらやみ》に閉ざされ、足元も見えなくなるだろう。

夕刻の森は否応なしに、潤霞にあの日、あの時のことを思い起こさせた。

明王と出会ったあの日の午後、村のはずれの林の夕暮れを。

胸に、喜びや懐かしさとは異なる思いを抱えながら歩いていると突然、背後から口をふさがれ、近くの大きな幹の影へと引きずり込まれた。

覚えのある感触であったため、今度はなにが起きたか、すぐに判断することができた。

しかしこの相手は……。

「このたびは抵抗なさらぬとみえる。期待しても良いということかな？」

耳元でささやかれた声と内容に、潤霞は今回も同じ犯人であることを確信する。ふりむこうとすると、からかうような楽しむような声がかけられた。

「大声は出さぬと、お約束いただけるかな？　せっかくの逢瀬《おうせ》を台無しにされたくない」

口を解放されると、そこに立っていたのはやはり、あの時と同じ相手だった。

「お戯《たわむ》れがすぎます、范将軍様。いくら将軍様が遊びのつもりでいらしても、こちらは心臓が止まるかと思いました」

こころもち眉をつりあげ抗議してきた潤霞に、范将軍は悪びれもせず、長身をかがめて顔をのぞき込んでくる。

「そう、お怒りになられるな。美しいお顔が台無しだ。もっとも、お怒りになられても充分、美しいが。あなたのお姿を拝見した途端、どうにも堪えきれなくなってしまった。切ない男心と、理解してはもらえないだろうか」

甘やかな言葉と表情であったが、潤霞はふりはらうようにそっぽをむく。

「私を驚かせて、なんの得があるのです。無用な誤解をうけるだけと存じます」

潤霞は意識して毅然《きぜん》とした態度をたもとうとする。呑《の》まれてはいけない。

だが一歩退いた潤霞に、范将軍は一歩踏み出してきた。

「あなたのためなら、縄をかけられても悔いはない」

低くささやかれる、響きのよい声。潤霞はさらに一歩さがった。

「なぜそう、警戒なさられる。李妃様も、私についての、誰が流したかもさだかではない噂をお信じになられるのか？」

「――誰かの噂など信じません。明王陛下のご評価を信じております」

「これは参った」

范将軍は笑った。男らしい笑みだった。女にも劣らぬ整った顔立ちなのに、軟弱さや非力さはまったく感じさせない。今も、兜を脱いだだけの軍装がよく似合っている。新年の宴の折に見た高官姿よりも、こちらのほうが長身によく映えるようであった。

「私は戻ります。将軍様もお早く……」

「おや、戻って良いのかな？」

「どういう意味でしょう？」

「私はてっきり、李妃様に叱《しか》られるものと思っていたのだが」

「叱る……？」

「新年の宴の際に」

潤霞の脳裏に即、一つの言葉がひらめく。

「陛下のためにはその、私の……」

「あなたの美しさは、陛下には不幸だと申し上げた」

潤霞の消えかかった言葉のつづきを、范将軍がひきとった。

「――どのような意味でしょう」

潤霞は范将軍を見上げた。将軍は整った美貌に楽しげな笑みをうかべている。

「言ったとおりだ。といっても、あなたが美しすぎて誰かに懸想されるのではないかと、陛下が夜も眠れない、というような意味ではない。それなら、素直に祝福することができた。私が言いたいのは、もっと切実な不幸のことだ。口さがない者はどこにでもいよう。あなたもお聞きになられたのではないだろうか。陛下の姉上のことを」

潤霞は胸を突かれた。やはり、と思った。

あの時、あの言葉をささやかれた直後は、ただの無礼としか思わなかった。一介の田舎娘でありながら国王の妃にまで成りあがった娘にたいする、嫌味か皮肉だと思ったのだ。

違うのではないかと思いついたのは、夜になってからのことだ。

范将軍は自分が、明王の亡くなった最愛の姉に似ていることを、暗に指摘したのではないだろうか。将軍はれっきとした王族で、明王とも昔からの付き合いだという。ならば将軍が明王の姉を見知っていたとしても、おかしくはない。

はたして、范将軍は潤霞の案じたとおりの言葉を述べてきた。

「私も、宴席であなたの姿を目にした時、心底驚愕《きょうがく》した。他人とは思えない。前日は夜の闇でわからなかったが、あなたは雪紅《せっこう》公主様に生き写しだ」

雪紅。その名前は知っていた。周正妃も口にしていた、明王の姉公主の名だ。

「あなたを見た時、陛下があなたを選んだことを納得した。陛下とは長い付き合いだ。あの方がどれほど長く、頑なに、後宮の、権力目当ての女たちを忌避してきたか、よく存じあげている。だから陛下が寵愛する女を見出したという噂を耳にした時も、本心では信用していなかった。誤解が重なった、ただの噂であろうと思っていたのだ」

「しかし」と范将軍は踏み出す。潤霞は反射的に退こうとしたがそれより早く、乾いた大きな手が潤霞の頬《ほお》をとらえてしまった。

「あなたであれば、納得もできる。陛下はようやく、姉君を失った悲しみをまぎらわす術を見出されたのであろう。あなたはそれほど、雪紅公主様によく似ている」

范将軍の言葉に、潤霞は視線をそらしてうつむいた。胸がかるくしめつけられる。

すでにわかっていたこととはいえ、他人の口からあらためて聞かされるとつらいものがある。

自分は姿形だけが重要な、人形のような存在なのだ……。

「陛下は不幸だ」

范将軍の口調が変わる。

「そして、あなたも。あなたの容姿は、あなたも陛下も不幸にしている。どなたも幸せになれない」

潤霞が思わず顔をあげると、范将軍は真剣なまなざしでこちらを見下ろしていた。

「陛下の嘆きは理解できる。だが姿形の似た女人を身代わりに仕立てたところで、お心が癒えるはずがない。むしろ、なおさら傷口が開くだけではないか。身代わりにされた女人とて、傷つこう。陛下はご自分で、ご自身とあなたを不幸に追いやっておられる」

范将軍の手が潤霞の頬をすべって、そっと顎《あご》を持ち上げる。短く断言した。

「あなたは不幸だ」

范将軍の瞳は痛みをこらえるようで、真っ向からのぞきこまれた潤霞は言葉を失う。その潤霞の耳もとに、范将軍はしみじみと言葉を重ねた。

「哀れな方だ。美しく賢く、たおやかで……およそ陛下に見出されさえしなければ、贅沢《ぜいたく》ではなくとも、幸福な人生を送れたろうに。陛下と出会いさえしなければ……」

范将軍の言葉は潤霞の胸と頭にしっかりと染み込んで、ひろがっていく。

事実を知ったあの日以来ずっと、頭と心の片隅にひっかかってただよっていたものを、今日はっきりと指摘され、形にされてしまったのである。

それは悲しみだった。

自分は誰かの身代わりでしかないという、悲しみ。

明王にとって、自分は都合のよい人形のような存在でしかないのだ……。

潤霞はいたたまれなくなり、顔をそむける。すると下をむいたせいか、視界の端がにじんだ。慌てて瞬きをくりかえすが、かえってさらに湿っていく。

貴人に対し無礼とは思ったが、これ以上この人に顔を見られていたくない。潤霞は男の手をふりほどいて逃げ出そうとした。

その手首をつかんで、范将軍の胸の中へと引き戻される。

「逃げるな。私はあなたの味方だ」

男らしい低い声が、耳もとで優しくささやかれる。潤霞はたくましい二本の腕の中に包み込まれていた。あの元日の雪の晩のように。

「私はあなたの味方だ。あなたに困ったことがあれば、あなたの力になる。あなたの容姿や身分に関係なく、あなたを——助けたい」

そうして范将軍——宮廷で多くの女たちの口と心を騒がせる美々しい若者は、潤霞の唇に一つ、口付けを落とすと、無言で立ち去ってしまったのである。

潤霞は呆然《ぼうぜん》と、その場に取り残される。やがて、ゆっくりと今起きた出来事を反芻《はんすう》し、明王以外の男が触れた己の唇にそろそろと指先をあてた。

あたりはまだ、太陽の光が残っている。

確認に行っていた侍女がようやく主人のもとに戻ってきた。


馬車に乗る前、潤霞は周正妃から多量の装飾品を贈られる。狩りは鹿一頭の差で明王の獲物が范将軍のそれを上回ったため、賞品は明王に賭けた潤霞のものとなったのである。

七　黒雲

時がすこしすぎた。あれほど凍てついていた大気は少しずつぬくまってゆき、土は溶けて枝は新芽が芽吹きはじめている。

後宮ではあいかわらず、李妃《りひ》だけが明王《めいおう》の寵愛《ちょうあい》を受けていたが、去年まではそれを口惜しく見守っていた女たちの嫉妬《しっと》が、今年に入ってからは和らいでいる。原因は范《はん》将軍で、見目麗《みめうるわ》しく、勇ましい左将軍でもあるこの王族は、従兄弟《いとこ》に同行してひんぱんに後宮に顔を出しては、暇をもてあました女たちの目と心を喜ばせているのだ。

おかげで潤霞《じゅんか》に対する風当たりは、ぐんとゆるやかである。

「どちらの後宮だか、わからないな」

そう、ぼやいたのは明王だ。彼はあいかわらず李妃だけを見ており、その他の女はどうでもよいようだが、自分のために用意された後宮で自分以外の男が自分以上に歓待されるのは、やはり多少、複雑な思いがあるらしかった。

「あら、自業自得だわ。陛下が李妃様ばかり夢中になっていないで、私たちにも少しはその愛情をわけてくださっていれば、私たちも他の殿方を見たりなどしなくてよ？」

笑って言ったのは周正妃《しゅうせいひ》だ。嫌味や皮肉も彼女の口から発せられると明るく、どこか憎めない。責められた明王もただ押し黙る。

その光景に、明るい笑い声があがった。

「周正妃様もお変わりなく。あいかわらずお口の動きがなめらかだ」

「あら。私なんてまだまだよ。女人《にょにん》を口説く時の范将軍様に比べれば、半分もしゃべっていないわ」

どっと、周囲にいた侍女たちが笑った。潤霞も思わず袖《そで》で口もとを押さえる。

後宮の庭園の一角だった。天気がよく、冷たい風も吹かないので、明王と李妃、范将軍と周正妃の四人で四阿《あずまや》に集まり、茶菓子をつまんでいる。気心の知れた者たちだけということで、侍女も限られた人数しか連れていない。

気心が知れているといっても、この中では潤霞が一番の赤の他人だ。明王は李妃を寵愛し、周正妃とも良好な関係をたもっているが、幼い頃《ころ》からつづいているという三人の交流には及ばない。上流に生まれ育った彼らに対する、遠慮もある。

自然と潤霞は聞き役に徹することになった。

潤霞はそっと范将軍を盗み見る。彼とは数えるほどしか会話をかわしたことがない。

だが……。

「李妃？」

「楽しそうですね」

明王に声をかけられて、潤霞は笑って返した。

「陛下も周正妃様も范将軍様も、本当に長いお付き合いなのですね。とても仲がよろしくて」

「時間だけ無駄に重ねてきた気がするわ。後宮に入っても、陛下はちっとも相手をしてくださらないのだもの」

周正妃がすかさず大仰に息を吐き出す。

「ねえ、陛下。いっそ私に、新しい縁談を用意してくださらない？　そうしたら、陛下が長年連れ添った私をさしおいて、新しい方に夢中になられた罪は許してさしあげてよ？」

後宮で、正妃が、寵妃もいる席で国王に告げるには際どい要求を、周正妃は平然と口にして明王へと身を乗り出す。明王も投げやりな調子で杯をかたむけた。

「いっそ、私もそうしたいな。そなたから、そなたの父を説得してくれ。そうすればここも、もっと静かで落ち着く場所になるだろう」

周正妃の父親は現宰相《さいしょう》だ。彼女の後宮入りと正妃就任には父親の圧力がおおいにものを言っている。が、その宰相の権力をもってしても、明王范雪峰《せつほう》の心を動かすことはできなかった。

范将軍も困ったように、からかうように進言する。

「陛下。女の戯言《ざれごと》はその場でたしなめないと、後々に禍根を残すぞ。仮にも正妃の暴言を許したら、後宮の規律が乱れる」

「周正妃の口をふさぐ方法があれば、私が教えてもらいたいくらいだ。范将軍、報酬をはずむから、国中回ってでも探してきてくれ」

ふたたび侍女たちの間から笑いがもれた。

「お疲れですか？」

幼なじみたちと別れ、寵妃と共に彼女の住まう棟に戻って一息ついてからのことだ。夜は更け、夕餉《ゆうげ》も李妃と共にすませている。明王范雪峰が錦《にしき》をはった長椅子《ながいす》にもたれていると、眠気が忍び寄ってきた。

「駄目です、陛下。お休みになるなら、寝室に」

李妃が慌てたように雪峰の肩をゆするが、雪峰の瞼《まぶた》は重くなる一方だ。手を動かすのも億劫《おっくう》である。

「陛下」

李妃の声は彼女に似てはいない。が、気遣う様子は彼女に似ている。彼女も常に、雪峰の体調を気遣ってくれていた。

「陛下。起きてください」

「陛下」ではなく「雪峰だ」と言いたかったが、頭が重い。それでも李妃の呼んだ侍女たちにうながされ、雪峰はなんとか体を起こして寝室へと移動した。衣装を解くのももどかしく、寝台に倒れ込んでしまう。今夜はまた、ひどく眠かった。

「李妃様、陛下のお召し替えが……」

「いいわ、もう。今夜はこのまま、お休みになっていただきましょう」

暗い視界に響く言葉に、雪峰はほっとする。今夜はもう、下手に着替えて目が冴《さ》えたりなどしたくなかった。侍女が退室し、李妃が寝台に歩み寄る衣擦れの音が聞こえる。

「大丈夫ですか？　陛下。……そんなにお疲れなのですか？」

少し、心配する口調。その声と同じ優しい手が、雪峰の頭をそっとなでてくる。李妃は雪峰の隣に腰をおろしたようだった。そのまましばらく、雪峰の頭をなでつづける。

「……楽しかったですね、今日のお茶会。これからももっと、あんな時間を持てたらいいのに……」

そうすれば、この人の心も少しは楽になるだろうか。

李妃の呟《つぶや》きは返事を期待せぬものであっただろう。けれど雪峰はゆっくりと、言葉を紡いだ。

「……伯陽《はくよう》を気に入ったのか……？」

「え？」

「……油断するな……あれは女に近づく時、いつも最初は優しいふりをする……」

そして飽きると、使い終えた道具のように放り出すのだ。

雪峰はさらに言葉をつづける。眠いが、意識は最後の一線で踏みとどまっていた。

「今だけだ……楽しいのは……」

雪峰は睡魔に頭の中を支配されながらも、ようよう言葉をしぼりだす。しぼり出さずにはおれない。

「陛下？」

「状況が変われば……おそらく彼らも……」

「陛下」

李妃の口調が変わった。案じるような、不安そうな声。

雪峰は言葉を飲み込んだ。かわりに重い腕をもちあげ、かたわらに腰をおろした李妃を引き寄せる。雪峰の上に倒れこむ格好となった李妃が、慌てて声をあげた。

「へ、陛下」

「行くな」

体を起こそうとする李妃の動きを腕で封じて、その腕に力を込める。

「どこにも行くな。私を裏切らないでくれ。そなただけは……」

けして離れるな——。

最後の一言は舌が動かず、雪峰の意識は闇《やみ》に沈んだ。


一つの光景がある。回廊だ。昼だというのに外は緑がかった濃い灰色に塗りつぶされ、石の床には大粒の水が叩《たた》きつけている。雫《しずく》というより水だ。時折、雷光が閃《ひらめ》き雷鳴が轟《とどろ》いて、回廊を駆ける小さな足音と水音をかき消した。

雪峰は少年だった。今よりずっと背が低くて、力もない。

重い湿気がねっとりと絡みついてくる薄暗い空間を、水をかくようにして走っている。

もう何度もくりかえした夢だった。

夢はいつも、同じ場面に到達する。幼い雪峰は一つの部屋に駆け込み、そこで一人の人影にしがみつくのだ。

たおやかな柳の如く立つその人は、雪峰の姉、ただ一人残された肉親だった。

『行かないで、姉上。どうして姉上が人柱になる必要があるの？』

『しかたないわ、雪峰。天がそれをお望みなのだから』

雪峰の頰《ほお》をなでる優しい手をふりはらうように、幼い少年は姉とも母とも慕うその人の長い裾《すそ》を、せいいっぱいにぎりしめる。

『そんなの嫌だ。姉上が死ぬなんて、絶対に駄目だ！　姉上を望むくらいなら、天なんていらない!!　国なんて滅びてしまえばいいんだ!!』

姉の瞳《ひとみ》に哀しみがにじむ。

『そんなことを口にしては駄目よ、雪峰。あなたはこの国の王なのだから。この国を守り、導く使命があるの』

『王位なんかどうでもいい!!　父上も母上も、王位のせいで殺されたんだ!!　姉上まで死んでしまうくらいなら、国なんていらない!!　王なんてなりたくもない!!』

心底の絶叫はしかし、当の姉の深いまなざしによってさえぎられた。たおやかで心優しい姉。両親を失ってからは彼女だけが支えであり、安息の場であった。

けれども姉は、雪峰のもとにいてはくれない。

雪紅《せっこう》公主は弟を抱きしめた。

『あなたは王よ。あなたが、この国の王なの。そして私は公主。私には王族の一人として、あなたを支える義務と権利がある』

『……私を……一人にするの？』

『一人ではないわ。天からずっと、あなたを見守っていく』

『天ではなくて、ここで、私のそばにいてよ！　私を見捨てないで!!　一人にしないで、姉上!!』

けれどその言葉に、姉の公主は涙の雫で答える。

侍女が時間を告げた。

姉は立ち上がる。

『行かないで、姉上!!』

幼い雪峰を左右から大人の男が押し留めた。公主を迎えに来た周宰相が、『お国のためです』と沈痛な表情で彼に理解を求める。

雪峰は到底、納得できなかった。

『行かないで姉上、ずっと一緒にいると約束したのに!! あれは嘘《うそ》なの!? 姉上は私より、明のほうが大事なの――!?』


その絶叫を最後に、雪峰は目を覚ました。

「雪紅……」

闇の中、黒く塗りつぶされて見えない天井を見上げて、一人呟く。

耳に響くうるさい音があった。

(そうか、雨か……)

屋根を、回廊を、庭園の木々を叩く強い水音。いつの間にか降りだしていたらしい。雪ではなく水が降っている事実が、冬の終わりを告げていた。

雪峰は闇の中で、乾いた目もとをこする。あの夢を見るのは決まって、雨の時だった。

寝返りをうとうとして、窓からさしこんだ外の明かりに、ほのかに照らし出された清楚《せいそ》な寝顔に気がつく。

雪峰は彼女を起こさぬよう、そっと体を起こして、寒そうな肩にずれた毛布をかけなおしてやった。そのまま彼女を抱きしめる格好で、ふたたび横になる。

失ったはずのもの、取り戻したはずの存在だった。

このぬくもりがあれば、ふたたび一人になることはない。

そう言い聞かせながらも、幸せとは表現できぬ感情が胸にこみ上げてくるのを、否定することができない。

暗がりの中、腕の中の体温を確かめるように力を込めて抱きしめると、ふたたび睡魔にとらわれた。静かな寝息が響きだす。

と、今度は抱きしめられていた妃が瞼を開いた。

胸に、しめつけられるような痛みがうずいている。

『雪紅』と呟いた明王の声が、潤霞の耳にしっかりと残っていた。

身代わりだと、重々に理解している。思い知らされているのに。

求められれば、ふりほどくことができない。傷ついているのがわかるから、見捨てることができない。

それは人間だから？　当然の良心として？

同じように家族を亡くした者同士だから、その悲しみに共感してしまうのだろうか。

けれども明王が見ているのは、彼の姉だ。ただ一人、彼の信頼を得、彼にとっての安らぎとなることができた人物の、失われた面影だ。

それは潤霞自身とは異なる。

——彼の姉のふりをしてやればいい。一生。

彼からは、それだけのものをもらっている。与えられている。

理性ではそう判断しているのに。

潤霞は唇をかみしめ、眠る明王の腕の中でちぢこまるように毛布にもぐった。


それから十数日間、明王のおとずれが減った。といっても、毎日顔を出していたのが、三日に二回に減った、その程度のものである。

国王の訪問回数の減少は、寵妃とその周辺にとって一大事だ。だが明王の場合、訪れが減ったといっても、その分、他の妃のもとに通いだしたわけではなかったので、李妃の侍女たちも冷静だった。

より正確には、ことの真相を推察していたからである。

「戦《いくさ》がちかいというのは、本当ですか？」

潤霞はつい、隣の范将軍にたずねていた。

後宮の、潤霞が与えられた棟の中庭である。庭は桃がほころんで薄紅の彩りを添えているうえ、あちこちの枝で新芽がふくらみ、薄緑色の小花が咲いたような風情であった。

今日は明王の訪れはない。范将軍は単独で潤霞の棟を訪れたのだ。

といっても、大した意味ではない。范将軍は以前、従兄弟にして友人でも主君でもある明王の寵妃に、友好の証として実家の自慢の品を贈ると約束しており、その品が王都に届いたため、持参して来たのである。

新年に入ってからの、明王を介しての李妃と范将軍の親交はむろん、侍女たちも承知していることであるし、彼女らは彼女らで見目麗しい若い武将の来訪を喜んでいる。

「急とは存じますが、すでにいくばくかの日数がたっております。風味のためには、早くお届けしたほうがよろしいかと思いまして」

そう前置きして献上されたのは、優美な瓶に封印された酒だった。范将軍の母は有力な地方領主の娘であり、その地方でのみ採れる果実を用いて製造した特産品だという。王都では上流階級の間でも愛好する者の多い、名品ということであった。

「わざわざのお心遣い、いたみいります」

潤霞はていねいに頭をさげて謝辞を述べる。彼女自身は酒をたしなまないが、明王が訪問した際によいだろう。

贈り物を受け取った潤霞は友人への当然の礼儀として、侍女に歓待を命じる。范将軍の前に茶菓子と茶碗《ちゃわん》が並べられ、若い侍女が急須《きゅうす》を手にとった。

しばらく、侍女もまじえての他愛ない世間話がかわされる。心なしか侍女たちは、明王が訪れた時より、浮き足立っているようだ。明王は自分たちが仕える主人の夫だが、范将軍は主人の友人である。彼女らもまた、なにか淡い期待を抱いているのだろうか。

やがて、邪推されない程度に長居した范将軍は、暇を述べて立ち上がる。潤霞は侍女二人と共に建物の外まで見送ったが、その際、范将軍が庭の桃を見て足を止めた。

潤霞も立ち止まり、桃についての話を一つ二つかわしたあと、先の台詞となった。

「どなたからそのようなことを？　ああ、おっしゃらなくてけっこう。おおかた周正妃様でしょう。まったく、あの方ときたら、李妃様にまでそのような噂《うわさ》を吹き込むとは」

范将軍は軽く笑ってみせたが、潤霞は安心できない理由があった。

「本宮《ほんぐう》内に、武装して行き交う士官の数が増えたと聞いております。それに、陛下もここ最近、お忙しそうです」

明王はあいかわらず潤霞に会いに来る。が、来てもとどまる時間が短く、かわりに難しい表情をしていることが多くなった。おかげで侍女たちも落ち着かず、潤霞も日々の手習いに今ひとつ、身が入らない。

たおやかな妃の陰りをおびた横顔に、范将軍は優しく笑いかける。

「ご案じ召されるな。北東の閃《せん》が少々、騒いでいるだけのこと。代替わりをしてから、あの国はずっとこの調子だ。李妃様がお気に病まれる必要はない。たとえ閃がなにか言ってきたとしても、陛下が一蹴《いっしゅう》なさられるでしょう。むろん、私も全力を尽くします。李妃様は我らをお信じになられて、心安らかにお待ちしておられればよい」

真正面から、甘い声とまなざしで告げられた台詞だったが、潤霞の不安は晴れない。国王の寵妃という、いかにも高い地位の者を安心させるために口にしただけの言葉にしか聞こえなかったからである。

潤霞が今、欲しいのは、不安でも確かな真実だった。

だが范将軍は女たちをこぞって魅了するいつもの魅力的な笑みを見せると、優雅に一礼してその場を去ってしまう。

潤霞はすっきりしない気分で棟に戻ることになったし、それは、そばにいて会話を聞いていた侍女たちも同様だったであろう。

けっきょくその日は、日が暮れるまで重い気分のまま過ごす羽目となった。夕餉を終え、あとは眠るだけの時刻となっても気分は晴れない。

明王の訪れがないことも拍車をかけていた。彼がいれば、彼から真実を聞き出すなり、彼の歓待に心砕いて気をそらすなり、できただろうに。

潤霞はちっとも頭に入ってこない書物を机に置いて、窓に寄った。そのまま開けてしまう。外の夜気はまだ冷たかったが、星明かりに照らされる新緑は美しかった。

そこへひそやかな声がかけられる。

「李妃様」

潤霞はびくりと肩を震わせた。聞き覚えのある声に顔をむけてみれば、そこに立っていたのはやはり、背の高い一人の若者だ。明王ではない。

「范将軍様？」

「しっ」と范将軍は自分の口もとに指をあてる。後宮にも出入りを許された国王の従兄弟は、足音を立てずに寵妃の住まう建物の陰から窓辺へと、すべるように移動した。李妃と、窓をはさんでわずか一歩にも満たない距離にまで近づく。

潤霞は驚き、ついで動揺した。

「どうして、ここに……」

「あなたに会いたくて」

笑いを含んだ低音に、潤霞は声をひそめて早口でささやく。

「お戯《たわむ》れがすぎます、早くお帰りください。このようなところを、誰かに見つかりでもしたら……」

「あなたのためなら、縄をかけられても悔いはないと言った」

真剣に案じてかけた言葉だったが、返って来た言葉に緊迫感はない。潤霞は一瞬本気で心配したことを後悔する。

とはいえ、単純に大声を出して人を呼べばいいという場面でもないだろう。それでは范将軍の面目を潰《つぶ》す。

国王の寵妃にまで成りあがったとはいえ、潤霞には十八年間培ってきた下層の意識が染みついている。見るからに身分高く、名実ともに高貴な人物を一方的に糾弾し、その品位を貶《おとし》める真似をするには抵抗があった。

「范将軍様……」

聞き分けのない子供に言い聞かせるような口調になりかけた時、潤霞の体は窓の外へと引き寄せられる。驚きの声は、重厚な衣装の布地に口をふさがれて封じられた。

何度目のことか、潤霞の体は窓から身を乗り出す格好で、范将軍の腕の中に閉じ込められてしまう。今回は今までで、もっとも力が込もっていた。

「将軍様……！」

「じき、私はふたたび王都を離れる」

その台詞に、咎《とが》めの言葉を口にしようとしていた潤霞の頭が冷やされ、抵抗を忘れる。

「やはり——戦が？」

気のせいか、指先に震えが生じてくる。

「まだ決まったわけではない。だが不穏と判断されれば、派遣されるのは確実だ。そのための左将軍なのだから。だが……今度の相手は、連勝を謳《うた》われる閃の王だ。——生きては戻れないかもしれない」

最後の一言に、潤霞もどきりと心臓を高鳴らせる。

この人も死んでしまうのだろうか。父や母のように。

目の前の、今、自分を抱きしめている人物が死ぬ。

その想像は、迫る戦の影をより現実的に感じさせて、潤霞の胸に強い不安を生んだ。

范将軍の手が、自分の肩に押しつけるように潤霞の頭を押さえる。

「罪に落ちてよいと言ったのは、本気だ。ただ、あなたが罪に問われるのは苦しい」

耳もとでささやかれる低い声。一転して真剣な響きに変わっている。

「……放してください」

濃い不安と動揺の中、潤霞はかろうじてその言葉をしぼり出した。

もともと、村にいた頃から色事よりも家事や畑仕事、後宮に入れられても明王以外の男性とは極端に接触を制限されて暮らしてきた潤霞だ。このような時、うまくきりぬけられる手練手管など学んではいないし、ましてや開き直って楽しむ度胸は、もっとない。

幾重にも重なった布をつうじて伝わってくる体温が思いの外あたたかく、その感触がますます潤霞を混乱させる。范将軍の大きな手が、さらに潤霞の黒髪を愛しげになでた。

「怯《おび》えるな。これ以上、なにもしない。ただ、知っておいてほしかった。告げておきたかった。もう二度と会えないかもしれない、そう思うと、いてもたってもいられなかった……」

范将軍の腕に力がこもる。

本当に、死んでしまうのかもしれない。この人は。

自分の味方になると言ってくれた、この人が。

手を震わせる潤霞の耳もとに、范将軍は言葉をつづける。

「死ぬのは恐ろしくない。それが私の職務と、覚悟を決めている。だが、あなたを一人残していくのがつらい。あなたを不遇のままに、置いて逝くのが……」

「……不遇？」

「陛下はあなたを、雪紅公主様の身代わりにされている。あなた自身を、愛されているわけではない。あなたも、陛下を真実、愛しているわけではないだろう」

潤霞は絶句した。将軍はかまわず、さらに言葉をつづける。

「罪だとは思う。だがいっそ、そんな不幸の中にあなた一人を放り出して、自分だけ黄泉《よみ》路《じ》を辿《たど》るくらいなら――」

そこで范将軍は、一つの言葉を李妃の耳もとにささやいた。

潤霞は目をみはる。

将軍はもう一度、腕に力を込めると李妃の体を放し、星明かりの下、静かにほほ笑んだ。

「詮無《せんな》いことを愚痴った。忘れていい」

それだけ言い残すと、潔くその場を立ち去った。ふりかえりもしない。広い背は夜の闇に消え、足音も聞こえなくなる。

潤霞はその背を追うことはむろん、声をかけることもできなかった。

人を呼ぶなど、思いつきもしない。

たった今、聞いたばかりの言葉が耳の奥に響いていた。

——いっそ、攫《さら》って逃げようか。

潤霞は明王の姉の身代わりとして、明王の愛を受けとめてきた。受けとめようとしてきた。その生活に満足していた。しようとしていた。

身代わりでもかまわない。そう思ってきたのに。

それは、自分で言いきかせてきただけのことだった。

満足などできてはいなかった。その事実を、明王の従兄弟に自覚させられてしまった。

潤霞は生き方を、根本からゆるがされてしまったのだ。

八　ずれ

その後も数回、范《はん》将軍は後宮に顔を出した。彼は決まって、李妃《りひ》をたずねる明王《めいおう》に同行して来たから、范将軍が訪れれば必然的に、潤霞《じゅんか》は顔をあわせなければならないが、二人きりになったのはあの晩きりだった。

明王はあいかわらず潤霞の話に耳をかたむけ、潤霞を気遣い、贈り物を持参してきたりする。けれど彼の顔にはたしかに、日毎、疲労と沈痛の色が濃くなっていた。

明王の様子に気がつくと、范将軍は気を利かせて早々に立ち去り、明王が李妃と二人で過ごせるよう、計らう。

潤霞は彼のそんな態度を見るにつけ、あの晩のことは夢か冗談に思えてならない。けれども時折、潤霞が気がつくと、じっとこちらを見つめている范将軍のまなざしがあり、それが潤霞の頭を混乱させた。

十日後、王都から軍が出ることが決定した。国境や地方に配備するための人員ではない。れっきとした出兵である。

昨年から動向のあやしかった閃《せん》の軍がとうとう、明の国境に迫っているという報告がもたらされたのだ。朝議の間はその対応策の検討でもちきりになった。

「閃軍は強力にして、閃王も有能、用兵も堅実だ。これまでの例を見ても、奇策に走ることは少ない。閃軍の優勢も間違いない以上、明侵攻にあたっても、確実に打ち負かす戦略をとってくるだろう。ならばこちらも、はじめから全力で迎え撃つ」

若いが落ち着いた王の物言いに、重臣たちも異論はない。閃軍を足止めする術として先遣隊の出動が提案され、その司令官として范将軍の名があげられる。

これもさしたる異論はなく決定されたが、大臣の中でも特に年齢と経験を重ねた老いた一人は、ひそかに嘆息した。

たしかに、范将軍はそれなりに優秀で指導力もあり、自身も抜きん出た剣豪だ。敵軍に四方を囲まれた劣勢を突破して脱出したという武勇伝も、嘘《うそ》ではない。

が、優秀であるがゆえに勇み足を踏む傾向があり、それが無謀につながることも少なくない人物なのである。先ほどの武勇伝にしても、もとを正せば范将軍の慎重さを欠いた戦術が招いた結果とも言える。

周囲の者たちは見るからに雄々しく華々しい実績を誇る范将軍に高評価を与え、明王の指揮能力には信用をおいていない。明王の出陣経験は少なく、勝利はおさめたものの、小規模な戦闘ばかりで、勝って当然の状況、いわば若い国王に対する「お膳立《ぜんだ》て」であるというのが、彼らの理屈である。

しかし戦況を詳細に分析した、この大臣の意見は異なる。「勝って当然」だったのではない、「勝って当然の状況を明王が作り出した」のが正しい見方なのだ。

小さな戦《いくさ》であろうと、明王は確実に勝てる方法だけを選び、実行した。先の范将軍の戦闘にしても、明王ならば、将軍のような勢いに任せた進軍は行わなかったに違いない。

その慎重さが范将軍には欠けているのだ。

老いた大臣は、間違いなく国の行く末を左右する出兵に、このような人物を抜擢《ばってき》した結果に懸念を覚える。

が、さりとて他に目ぼしい人材がいるわけではないのもまた、事実であった。


戦が迫り、後宮の話題もそれ一色で持ちきりとなる。

軍とは無関係な女たちも、安心してはいられない。単に先行きに不安を抱いているだけではない。あとから知ったことだが、女たちの中でも頭が回って用心深い者は、万が一のために、荷物の支度をしていたのである。

王都の門が破られれば、敵軍は王宮に乗り込んでくる。その際、王宮にいる人間は王族もそれ以外も、男女の区別なく、老いも若きも一様に斬《き》られる。斬られておかしくない。

そうやって国は国を呑《の》み込《こ》み、一国が滅びていくのだ。

だから、国はあてにならない。生き延びたければ、自分で自分を助けるしかない。

女たちの中でも賢くて行動力のある者は、不安に泣くための時間を自分が生き残るための準備に転用し、事が起これぱいつでも逃げ出せるよう、荷物をまとめていた。

後宮では商人の出入りが激しくなり、女たちも普段とは別の真剣な表情でそれらに群がる。手持ちの金銭や重い衣装、高価な置物などを、持ち運びの容易《たやす》い宝玉類に変えているのだと、周正妃《しゅうせいひ》が教えてくれた。

「李妃様は実家にお知らせしたの？　まだなら、早く文を書いたほうがいいわ」

忠告する周正妃の言葉にも、重いものが含まれている。さすがの陽気な正妃も、戦の暗雲までは吹き飛ばせないようであった。

「私は、親がいませんから」

潤霞は寂しくほほ笑む。

「でも、後見はいるのでしょう？　伯父だか、親戚《しんせき》だかが」

「伯父からは文が参りました。自分は一応、家族を田舎にやるので、私も動揺せず、しっかりやってほしいと」

王宮で官位を得たため、伯父はすぐには都を離れられない。潤霞もまた、国王の寵妃《ちょうひ》である以上、よほどの危険が間近に迫らない限り、王のそばを離れられるわけもなかった。

「周正妃様こそ、よろしいのですか？　万一のことがあれば……」

「私は大丈夫。いざとなれば……父がなんとかしてくれるわ」

若い正妃は両手をひろげて言い捨てた。「でもまあ」とつづける。

「外に知らせても、ここの女がとれる手段は限られているのだけれど。なんといっても、後宮は一度入ったら二度と出られないんですもの。戦が起きても、基本は同じ。閃の軍が王都の門を破り、王宮に乗り込んできて王宮の秩序が崩れてしまわない限り、私たちはここを出ることはできないのよ」

肩をすくめた周正妃の言葉に、潤霞の周囲にいた侍女たちが怯《おび》えて身を寄せあう。

「ご存知？　范将軍に出陣命令が降りたそうよ。相手は、あの閃軍と閃王ですもの。出し惜しみせず、はじめから全力でいくらしいわ」

周正妃の唇から放たれた名前に、潤霞はどきりと胸が鳴った。


その晩、夕餉《ゆうげ》も終えてから、明王が李妃の部屋を訪ねてきた。三日ぶりの訪問だった。

三日ぶりに見る明王の顔ははっきりと疲れがにじみ、それ以上に苦悶《くもん》と沈痛がただよっている。若者らしからぬ苦しげな笑みは、潤霞の姿を認めると、侍女の目もかまわず抱きしめてきた。若い侍女は目を丸くして驚き、慌てて部屋から退出する。

「陛下……」

侍女が出て行くと、あたためられた部屋にいるのは、潤霞と明王の二人だけとなった。しばらく無音の世界が室内を支配する。

潤霞は明王の好きなようにさせた。自分の存在意義は、ただそれだけだと、わかっていたからだ。明王はなにも言わず、ただ力を込めて潤霞を抱きしめ、細い肩に顔をうずめる。

やがて、ゆっくりとその顔をあげた。

「大丈夫ですか？……雪峰様」

珍しく、明王の名がすんなりと潤霞の口から流れ出てきた。今は、名前のほうがいい気がしたのだ。

軍を指揮し、戦を命じる『王』ではなく、ただの若者としての『雪峰』のほうが。

明王雪峰もそれに気づくと、わずかにほほ笑んだ。

潤霞は彼を椅子《いす》に座らせ、用意していた酒肴《しゅこう》と茶菓子をすすめる。酒と茶、どちらがよいかわからなかったので二つとも準備させておいたのだが、明王は珍しく、酒杯のほうを手にとった。潤霞がその杯に酒を注ぐ。

「お疲れのようですね」

杯をかたむけた明王が乱れた前髪をかきあげ、肘《ひじ》をつく。

「相手が悪すぎる。あの閃だ。国力も兵力も、根本からなにもかもが違いすぎる」

北東に位置する大国、閃。北方の異民族から成るといわれるが、その実力は大陸屈指と評してもいい。もともと、国を興した初代閃王の頃《ころ》から戦上手は知られていたが、現在の閃王はそれに輪をかけて危険な存在だ。初代閃王は晩年にさしかかる前には戦をひかえていたというのに、後継ぎは即位した途端、積極的に他国に攻め入りつづけている。

軍の規模も、それを後方から支える国力も、明とは比較にならなかった。

雪峰は杯を弄《もてあそ》びながら、息を吐き出す。

明に勝ち目はない。それでも王である以上、戦いを避けてとおれぬのが彼に与えられた宿命だ。やりきれないのは、負けるとわかっていても出さなければならない人命だった。

「いっそ……先に降伏してしまうわけには、いかないのですか？」

黙りこんでしまった雪峰におずおずと、寵妃が隣から提案する。雪峰は首を転じた。

「その、私のような、政治も戦術も知らない女が、差し出た口をきくようで申し訳ないのですけれど……勝つことができないなら、はじめから戦ったりせず、降参してしまうことはできないのでしょうか。そのほうが……犠牲が出なくてすむと思うのですが……」

遠慮しながら話す娘を、雪峰は素直に可愛らしいと思った。

政治の闇《やみ》にも世間の毒にも染まっていない娘は、それだけで清らかに思えたし、彼女が語った言葉は、はるか昔、王位に就くことも知らぬ幼子だった自分が、一度はたしかに語った夢であり、理想だった。

雪峰は潤霞を引き寄せる。

「重臣たちは、そう思っていない。明の土地と、明の威信を守るため、死に物狂いで戦い、勝利をおさめるべきだと、口をそろえて進言してくる」

「勝てるのですか?」

「勝てない。命を懸けようが、なにをしようが、駄目な時は駄目だ」

「重臣の方々はそれを……?」

「わかっていないかもしれないし、わかっているのかもしれない」

「わかっているのなら、何故……」

「威信がかかっているからだ。なにもせずに降伏するのは恥だと、体面が悪いと思い込んでいる。──だがそういう奴らこそ、いざ、危険が迫れば真っ先に逃げ出す」

潤霞はわずかに眉《まゆ》をひそめた。見上げた明王の瞳《ひとみ》に、はじめて見る暗い輝きが宿っていたからだ。口もとには笑み。心からの笑みではない、相手を見下し嘲《あざけ》る笑みであった。

雪峰は知っている。「国のため」という輩《やから》がどれほど薄汚くて、卑怯《ひきょう》かを。

「王のため、国のために」と口にする者ほど、実際は不忠で、憂国や愛国の念とは無縁なのだ。彼らが「国のために」と口にするのは、それを持ち出せばたいがいの事柄が正当化できるからにすぎない。

雪峰は知っていた。「国のため」という輩がどれほど図々しく、身勝手かを。

彼らは「国のため」という名目で雪峰から最後の家族を奪い、姉を殺したあとは「国のために犠牲となった」「貴い志であった」と持ち上げた。

けれどそう口にする彼らは、ただの一人も身内を差し出しはしなかった。

占術師が要求したのは『高貴な優れた娘』であったのに、日頃、口々に自らの家格の高さや娘たちの美しさを競い合っていた彼らは、生け贄《いにえ》を要求された途端、こぞって口を塞《ふさ》ぎ、逆に他人の娘を推薦しあった。

そして姉が名乗りをあげると、いっせいに彼女の気高さや心の清さ、情けの深さを賞賛したのである。

誰一人、「公主様を差し出すくらいなら、我が娘を」とは言わなかった。普段、あれほど『王家の血統の尊さ』を強調する者たちが。

そして姉が犠牲となり、嵐《あらし》がやんで国土が救われ、ほとぼりがさめた頃になると、彼らはふたたび己が娘の美しさを強調し、先を争って後宮に推薦してきたのである。

雪峰は国を信じていない。少なくとも、「国のため」と口にする人間たちは。

彼らは国を、己のために利用しているにすぎない。彼らが「国のため」という時、それは「自分のため」と同じ意味なのだ。

「雪峰様……？」

怯えたような李妃の声が聞こえてくる。雪峰は我に返って、抱いていた李妃の肩を優しく叩いた。今、信じられるのはこれだけだ。

「なんでもない」

そう言って、雪峰は二杯目を求めた。


その晩もまた、いつものように明王と休むことになった潤霞だが、来訪者は彼一人ではなかった。

一度は明王と共に寝台に入ったものの、疲労のたまった彼が先に寝入ってしまっても寝つけずにいた潤霞の目に、窓に浮かんだ背の高い青い影が映る。

潤霞は驚き慌て、細心の注意を払って寝台を抜け出すと、窓に駆け寄った。

「范将軍様⁉」

小声だが鋭い呼びかけと共に窓を開けると、そこに立っていたのは予想どおりの人物だった。少し離れた位置に置かれた寝台では、明王が眠っている。

潤霞は生きた心地がしなかった。

「このようなことは危険だと……！」

「これで最後だ」

潤霞の忠告を低く強くさえぎって、范将軍は潤霞にささやく。

「三日後、私は王命をうける。そのあとは王都を出なければならない。別れを告げるゆとりはない。今回の戦場が、私の死に場所だろう」

潤霞は息を呑む。范将軍は一息に言うと、潤霞の手をとった。

「私は死ぬ。あなたをこの地に、あなたを姉君の身代わりとしか見ない、陛下のかたわらに残していくことだけが気懸かりだ。だがもし」

そこでいったん、言葉を切る。

「もし、生きて戻って来ることができたなら、その時は私を受け容れてほしい。私はあなたを守るため、閃の王と戦おう」

そうして潤霞の体を抱きしめると、二度目の口づけを与えて夜の闇に消えていった。

一陣の風のように去っていた范将軍の言葉と行為に、潤霞は呆然《ぼうぜん》とその場に取り残される。今見て聞いたことが、現実とすら思えない。

窓辺に立ち尽くした潤霞は、寝台から聞こえるはずの寝息が消えていることにも気がつかなかった。

それから二日後、范将軍に王命がくだるという前夜に、明王は潤霞のもとを訪れた。

長年の付き合いである従兄弟を死地に追いやる重責からだろうか、二十一歳の王は苦悩をまとっていた。

その青ざめた顔色を目の当たりにした時、潤霞は言わずにおれなかった。侍女たちを早々に退室させ、二人きりになる。

王に進言した。

「降伏してください」と。

「降伏しましょう、陛下。勝てない戦なら、無理に行う必要はありません。見込みのない戦いに出て、どれほどの明の人たちが犠牲になることか」

いつだって、真っ先に被害をうけるのは下々の民だ。下層で生まれ育った潤霞は、そのことを身をもって知っている。

「陛下も、無用な犠牲は出されたくないのでしょう？　でしたら、戦をやめるべきです。今からでも遅くありません。閔に降伏してしまいましょう」

それは越権行為であっただろう。政治の権限を持たぬ後宮の女が、王の寵愛をいいことに政治に口を出したのだから。潤霞は『悪女』と非難されてもおかしくない。

それでも潤霞は言わずにおれなかった。こんな状況はもう嫌だ、誰も幸せになれるとは思えない。

腰をおろした明王の足もとに膝《ひざ》をついて、彼の手に自分の手を重ねた。

「戦をやめてください、陛下。たった一つしかない命を、どうして無駄に捨てなければならないのです。兵にも家族がいます。彼らが死ねば、家族が悲しむでしょう。家族を失うつらさは、陛下がよくご存知のはずではないですか」

感傷的な感情論。政治の「せ」の字も含まれていない。それは潤霞も自覚している。だがその甘い幼稚な理論を、潤霞はせいいっぱい、心を込めて明王に説いた。

自分が彼に伝えられるのは、心だけと信じて。

「李妃……」

明王の表情が動く。自分の手に置かれた彼女の細い手の上に、さらに自分の手を重ねようとしたその寸前、一つの名前が李妃の口から飛び出した。

「戦をやめれば、大勢の人々が助かります。范将軍様も戦わずにすみます。陛下も、范将軍様に死んでいただきたくはないのでしょう？」

明王の手がとまる。

「これ以上、犠牲を出す必要はありません。家族を失われた陛下が、どうしてこれ以上、お身内を亡くさなければならないのです。特に、范将軍様は陛下のお従兄弟で、幼い頃からの友人ではありませんか。お願いです、范将軍様を戦場に送らないでください」

もし、范将軍が戦死するようなことになれば、明王雪峰の心はますますつらく、救いのないことになってしまう。将軍とて、若い命を無為に散らしたくはないはずだ。

そう考えての言葉だったが、明王の解釈は異なった。

「――伯陽に死んでほしくないのか」

潤霞は虚をつかれた。明王の声が暗い響きを帯びていたからだ。たった今まで、あれほど憔悴《しょうすい》していた人物と同一とは、とても思えない。

「陛下?」

「范将軍に死んでほしくないと、彼を戦場に出してほしくないと、そう言うのか?」

潤霞は困惑した。明王の言葉以上に、発せられる空気が恐ろしい。そして、そう訊《き》き返《かえ》してくる理由がわからない。だがとにかく、潤霞は一心に訴えた。

「私は誰にも、どの人にも死んでほしくはありません。それは范将軍様も、それ以外の方々も同じです。命はただ一つきり、死ねばそれまでです。誰にも死んでほしくはない。ましてや范将軍様は、陛下の数少ないお身内。あの方が亡くなられれば、陛下はきっとお苦しみになられるでしょう。将軍様に出陣の命令を下すのが陛下ご自身であれば、なおのことです。私はもう、陛下にそんな、つらい思いをしてはいただきたくないのです」

本心からの言葉だったが、明王には一部の言葉しか聞こえていなかった。

「私のため、か。それは本心か?」

「陛下?」

雪峰は座っていた椅子から立ち上がる。

「伯陽のためではないのか？　伯陽を死なせたくなくて、彼を戦場に出すなと言っているのではないのか⁉」

「陛下⁉」

潤霞は狼狽《ろうばい》した。何故だろう、明王に言葉が通じていない。これまで、あれほど自分の言葉を聞き逃すまいと、耳をかたむけてくれていた男性なのに。

「范将軍様には死んでほしくありません。死ねば、陛下がおつらいことになるでしょうから。そう考えるのは、おかしなことですか？」

潤霞は膝をついたまま、立ち上がった明王を見上げる格好で言葉をつづける。

だが明王は明王で、李妃の心を疑わざるをえない理由があった。

視線をそらし、唇をかむようにして無理やり言葉を紡ぎ出す。

「二日前の晩に……見た。伯陽が、私とそなたのいる寝室を訪れたのを」

潤霞は息を呑む。頭が真っ白になった。

「話の内容は聞きとれなかった。だがあれはどう見ても、ただの立ち話ではないだろう。そなたたちは抱き合っていたのだから。……私もいる寝室で、私の目を盗んで‼」

明王は上からおおいかぶさるようにして潤霞の両肩をつかみ、激しく追及してきた。

「そなたは伯陽を愛しているのか？　以前からずっと、あんな逢瀬《おうせ》を重ねていたのか⁉」

明王の追及は直接的だった。ごまかしもさぐりあいも一切ない。はっきり、真正面から問いつめてくる。問いつめずにはおれない。

強くつかまれた肩を激しくゆさぶられて、潤霞は必死で思考と言葉を整理しようとした。出会って数ヵ月。彼からこんな風に乱暴に扱われたのは、はじめてだ。

「違います、私は……」

だが明王には聞こえない。

「前から通じていたのか⁉ いったい何時から！ 何故！ 違うというのなら何故、あの男があんな風に、危険もかえりみず、そなたを訪ねてくる！ 私の妃とわかっていて、抱きしめたりなどするのだ‼」

明王は潤霞の肩をゆすりつづける。その、怒りと苦痛を行ったり来たりする表情の変化に、潤霞は彼を正視するのが耐えられない。つかまれた肩は痛いがそれ以上に、悲しみが刃となって胸に突き刺さった。

かろうじて、自分の言えることを口に出す。

「私と范将軍様の間には、なにもありません。本当です。抱きしめられたのは事実ですが、それ以上のことは、天地に誓って、ありませんでした。私は明王陛下の妃です」

「信じてください」と潤霞はつづけたが、雪峰の脳裏には先日の光景が焼きついている。自分と休んでいた寝室の窓辺で、従兄弟と抱き合う李妃の姿が。

李妃は抵抗もせず、伯陽が立ち去っても、しばらくは寝台に戻ろうとしなかった。明の王宮中の女たちの関心を一身に集める男。見目麗《みめうるわ》しく、優れた武将でもある雪峰の従兄弟。李妃もまた、伯陽に心惹《ひ》かれているのか……。

「――伯陽に惹かれたなら、それは……いたしかたない。見目良く才覚もあり、愛想のいい男だ。ゆらぐこともあるだろう。だがそれなら、伯陽を殺すな、と言えばいい。私のためなどと、弁明されるほうが不愉快だ！」

「陛下!!」

潤霞は完全に途方にくれてしまった。明王に言葉が通じない。

自分はただ、明王にこれ以上、苦悩を背負って欲しくないだけだ。無用な犠牲を出したくない。それだけの気持ちが、目の前のたった一人の男性に伝わらない。届かない。何度言葉を重ねても、その手前で見えない壁にぶつかるかのように、はねかえってきては落ちてしまう。

足もとの床がゆらぐ気がした。膝をついているのもおぼつかない。考えがまとまらず、ただ焦り、はやる気持ちだけが募っていく。

そんな彼女に、明王がさらに追い打ちをかけた。

「なにもないはずがない。なんとも思っていない相手だというのなら何故、あの時、助けを求めなかった。抱きしめられた時点で大声を出していれば、私に知らせることもできたはずなのに……」

「それは……」と潤霞は口ごもる。

「陛下の……ご友人で、従兄弟君ですから。罪をかぶるようなことになれば、陛下が苦しまれるのではないかと……」

「では何故、別れたあとも、あの場に突っ立っていた！　嫌がるでも、露見を恐れるでもなく！　別れを惜しむようにしか見えなかった!!　あれでは、なにもないと言われても、信じることはできない!!」

目に見えない、言葉の刃が潤霞の胸を裂いた。「違う」と言いたいのに、唇は震えるだけで、声が出ない。うなだれ、冷たい床に手をついてしまう。

「違う、違う」と心の中でくりかえしながら、一方で迷う気持ちが頭に渦巻いていた。

自分は本当に、范将軍のことをなんとも思っていないのだろうか？

たしかに、明王に一生、仕えて暮らそうとは決意した。けれどもそれは、愛情からというのか？　生活の保証がほしかっただけではないのか？

だって自分はけっきょく、身代わりとされることに満足できなかった。悲しかった。

范将軍は強引だったが、自分の境遇を哀れんでくれた。身代わりにすぎない自分の立場を哀れみ、助けたいと――いっそ、明王から奪ってしまいたいとまで言ってくれたのだ。

そう告げられて感じたのは――動揺か？　不快感か？　それとも……喜びだったか？

困惑が支配した潤霞の瞳を見おろして、雪峰は絶望的な気分で拳《こぶし》をにぎりしめる。

何故みな、自分を裏切るのだろう。離れていくのだろう。李妃も姉も、父も母も……。

もう幾度となく、くりかえしてきた問い。

雪峰の心には、あの時、あの痛みが、一生消えない傷として刻まれている。

自分を捨て、国を選んで去って行った姉の後ろ姿。

李妃もまた、かつての姉のように自分から離れていくのか……。

「もういい」

雪峰は吐き捨てた。

「伯陽を慕うというのなら、あの男のもとに行けばいい。私は止めない。二人で逃げるなり明を出るなり、好きにすればいい」

雪峰は踵《きびす》を返した。けっきょく、この手からすり抜けていってしまうだけなら、はじめから手に入れなければいい――。

「陛下⁉」

「どこにでも行けばいい、私は無関係だ」

そのまま李妃の応接室を出て行こうとした。

潤霞は慌てて立ち上がり、震える膝を叱咤《しった》して明王に追いすがろうとする。

「待ってください、陛下」

まだ話はすんでいない。だがこの先、なにを話せばいいのだろう。これほど話がこじれてしまったあとで。

「お願いです、もう一度話を聞いてください。私は范将軍様とは……」

「なにも聞きたくない！」

閉じられたままの扉の手前で、ふりむかれもせず、ただきっぱりと言い切られてしまった。その声の冷たさに、潤霞は視界が霞《かす》む気がする。

気づくと胸の前で両手をにぎりしめ、言葉がこぼれ落ちていた。

「私は……田舎の、ただの村娘です。地位や財産どころか、教養も、政治的な知識もなにもない。それは自分で、よくわかっています」

唇が震える。それでも舌が動くのを、止められない。

「それでも、ここに来てからは、なんとか妃らしくなれるよう、自分なりに努力してきました。范将軍様とのことは、軽率でした。他にも、至らぬ点は多々あったでしょう。でもそれでも、自分なりにせいいっぱい、努力してきたつもりなんです。あなたの妃として、少しでもふさわしいよう、満足してもらえるよう、心砕いてきたつもりなんです。それなのに、そんな簡単に不要になってしまうのですか？　私がこれまで、あなたのためにしてきたことは、その程度のことにすぎなかったのですか？」

潤霞は訊《き》かずにはおれなかった。いつの間にか、明王の呼称が「あなた」になっている。だがそのことに潤霞自身は気がつかない。

明王の力になりたくて、わずかでも彼を支えたくて、今までやってきたつもりだった。その気持ちは彼にも通じていると、漠然とだが思ってもいたのに。

これまでの努力は、なんの実も結んではいなかったのだろうか。

明王も潤霞をふりかえる。そして負けじと言い募った。

「私とて努力した。ここがどんなに恐ろしくて汚れた場所か、陰謀と足の引っ張りあいの巣窟《そうくつ》か、生まれ育った私が、一番よく知っている。だから、そなたには信用のおける侍女をつけ、他の妃に見下されぬよう、着る物にも飾る物にも気を配り、必要な物はすべて、最高の物を整えさせた。健康を害さぬよう、誰の嫌がらせも中傷も届かぬよう、気遣ってきたのだ。それなのに、私を裏切ったのはそなたではないか！」

「違う！」

「――権威を嵩《かさ》に、そなたをここに閉じ込めたのは、私だ。それで自由にできなかったと言うのなら、ここから出してやろう。だがもう二度と、私の前に姿を現すな。心変わりは人の常とはいえ、夫を裏切ってその従兄弟と通じるような女の顔は、見たくない！」

そして付け加えた。

「伯陽は気の多い男だが、財に不自由はない。万一そなたに飽いても、放り出したりはしないよう、言い聞かせておこう」

その言いように、潤霞はこれまでとは別の意味で顔色を失った。

「私が……金銭目当てに范将軍に言い寄ったとでも、おっしゃりたいのですか⁉」

語尾を荒らげた潤霞に、興奮していた雪峰が少し視線をそらす。なにかに耐えるように。あるいはなにかを堪えるように。

「金銭目的とは言わない。だが奴に惚《ほ》れているのは、確かだろう⁉　だからこそ、抵抗しなかったのだから‼　私を怖れ、後宮を追放されることを怖れて、思うように愛し合えなかったというのなら、もう解放してやる。だから二度と、私の前に姿を現すな‼」

潤霞は拳ではり倒された気がした。目の前の、にじんでいく視界の中でまっすぐにこちらをにらみすえてくる若者が、昨日までのあの明王と同一人物とは、とうてい思えない。

悪夢を見ている気さえした。

明王は呆然《ぼうぜん》とする潤霞から目をそらし、一言だけ言い捨てた。

「そなたは私を愛していなかった。それだけだ」

そして出て行こうとする。

吐き捨てるような一言。

それは、潤霞の胸の、一番痛むところに突き刺さるようにして届いた。

（……愛していなかった……？）

そうかもしれない。

けっきょくは、ただ生活や将来の保証がほしかっただけ。

けれど。

「愛していないと言うのなら……陛下は、いかがなのです？」

雪峰の足が止まる。

「私が陛下を愛していないとおっしゃるのなら……陛下はどうなのです？　陛下は私を愛してくださったのですか？　陛下の姉上にそっくりだという私を、陛下の姉上とは関係なく、気遣ってきてくださったのだと、そうおっしゃることができるのですか⁉」

雪峰は、はじかれたように潤霞をふりかえった。

頬《ほお》をきらきら輝かせた李妃の姿がある。

「みな、後宮の方々は噂《うわさ》しています。私は、陛下の姉上の身代わりだと。私の顔が陛下の姉上に似ていたから、陛下は私を後宮に入れたのだと。陛下は私を、私の姿形に関係なく、愛してくださったと、おっしゃれるのですか⁉」

雪峰は息を呑んだ。

泣《な》き濡《ぬ》れた、それでも光を失わず、まっすぐにこちらを見すえてくる二つの黒い瞳。

雪峰は心の中で自問する。

この女は誰だったろう。こんなにも強いまなざしで見つめてくる女だったか。

今、雪峰の中で、目の前の娘は美しいが、誰の面影にも重ならなかった。

ゆれる灯火の金色の光の中、二つの人影がしばし、激しく見つめ合う。出会ってから、こんなにも強く見つめ合ったことはない。葛藤《かっとう》が互いの心を支配して翻弄《ほんろう》する。

やがて、視線をそらしたのは雪峰が先だった。

「そなたを……束縛したのは私だ。そのことは是非もない。だから自由にする。好きなところへ行くがいい。私にはもう、そなたは必要ない」

潤霞は声をはりあげた。

「姉上とは違うから!? 姉上と似ていないから、私を捨てるとおっしゃるのですか!? 姉上に似ていなければ、私の価値はないと!?」

潤霞は自分を示して叫んだ。感じたのは悲しみでなく、それに似た、怒りだ。

徹頭徹尾、自分は身代わりとしての価値しかないのか。それだけが理由なのか。

一方、雪峰もまた、潤霞の言葉に途方もない腹立ちを覚えた。その腹立ちのままに言葉を放つ。

「そうだ、私にそなたは必要ない。夫を裏切り、別の男と通じた女など、姉上に似ていると言うのもおこがましい！　姉上は美しく気高く、物の道理をわきまえた御方で、けして密通などなさるような人柄ではなかった!!　その姉上に、そなたは欠片《かけら》も似ていない!!　もう二度とその顔を私の前に見せるな、汚らわしい!!」

言葉のあとにつづいたのは、乱暴に扉を開け放つ音と、荒々しくそこを出て行く足音

だった。

「陛下?」

驚いた侍女たちの声が後を追って来るが、明王は足を止めない。何事かと、目を丸くした彼女たちの前をすり抜けて、廊下を突き進む。いく人かが慌ててとりすがろうとしたが、すべての手をふりはらって建物を出た。

侍女たちの悲鳴のような声が遠くに聞こえる。

潤霞は追いかけることもできず、ただただ冷たい床に膝と手をついたまま、今度こそ立ち上がる心と足の力を失った。

やがて整えられていた長い髪をふり乱し、床に突っ伏して顔をおおい、強く唇を噛《か》む。涙さえ出なかった。


明王が寵愛する李妃のもとを訪れ、けれども突然、退出した——という噂は、夜が明けると同時に後宮中を駆けめぐった。立派な醜聞だ。

導き出される推測としては、李妃が明王の不興を買ったというところか。あれほど国王の寵愛を誇っていた李妃の権勢も、かげりが見えはじめてきたらしい。

意地の悪い者たちはさっそく噂話をはじめたし、李妃付きの侍女たちも、なにがそんなに王の気に障ったのかと、潤霞を問いつめた。事情を簡単に打ち明けた女官からは、「女人は政治に口を出すべきではない」「妃は王の命令に従っていればいい」と諭されもしたが、潤霞はとうてい納得することができなかった。

本宮では范将軍に出陣の王命がくだり、将軍はすでに出兵準備を終えていた先遣隊を率いて翌朝、王都を出発する。

その三日後、明王出陣の正式な報が後宮に伝えられた。

明王は明軍の主力部隊を率いると、出陣前の宴も催さずに王都を出立した。

多少の事情に通じた者は、誰もが戦況の切迫した不利を悟る。

明王は後宮に顔を出しもしなかった。

潤霞は一人、取り残される。

九　崩壊

明王《めいおう》出立から五日がすぎた。後宮は暗い雲に包まれたような有り様で、常ならばいたるところで響く女たちの嬌声《きょうせい》もない。かわりにそこかしこでため息がもれ、なにを話していても、話題はすぐに現在の戦況と、そこに赴いた国王の身の上に及んだ。

明王については、李妃《りひ》の、これまでの恩寵《おんちょう》をかえりみぬ無礼が戦《いくさ》へ追い立てたのだと陰口を叩く者たちもあったが、潤霞《じゅんか》の耳までは届かなかったし、届いたとしても、潤霞の心を傷つけることはできなかっただろう。

なぜなら潤霞の心はすでに苦悩と不安で満たされており、今さら他人の無責任な憶測などで傷つく余地は残っていなかったのだ。

潤霞は周正妃《しゅうせいひ》に招かれ、手習いの時間以外は、彼女の宮で話し相手を務めて過ごす。普段は少々軽薄なほど明るくおしゃべりな周正妃も、ここ数日は美しく化粧した顔に陰りがさしていた。

王宮には毎日、早馬が出入りして、残留している重臣たちに逐一《ちくいち》戦況を知らせる書状が届く。報告を受けた者たちは例外なく顔を曇らせたし、その曇った顔を見てますます、下位の者たちは荷物をまとめる手を早めるのであった。

ある日、早馬の中でも特に切迫した表情の使者が王宮に到着する。

その使者が書状ではなく口頭で伝えた内容に、重臣たちは雷に打たれたように立ち尽くした。

「范《はん》将軍様が戦死⁉」

潤霞は聞いたことをそのままくりかえした。教えた周正妃が「しいっ」と唇に人差し指をあてる。

「正確には、『生死不明』よ。でも、その可能性は限りなく濃いわ。先遣隊を指揮して国境付近で閃《せん》軍と一戦まじえたらしいけれど、撤退の最中に行方がわからなくなってしまったらしいわ」

この女人《にょにん》には珍しい、暗い口調と顔つきで語られる話の内容に、潤霞は言葉もなく額を押さえる。その横顔を周正妃がのぞきこんだ。

「ひょっとして……李妃様は、范将軍に心惹《ひ》かれていた？　いいのよ、はっきり言って。どうせもう、二度とは戻って来ない人でしょう。なにを言っても、許されるはずだわ」

白い手が肩をさすり、優しい声がかけられる。

潤霞は少し、視線を宙にさまよわせ、ついで首をふった。

横に。

「魅力的な方かと問われれば、そのとおりだとお答えします。けれど……心惹かれていたかは、わかりません。惹かれる……ということが、私にはわかりません。友人として接してきたことと、どう異なるのか……」

「魅力的と感じたこと自体が、惹かれたということではないの？」

潤霞は首をかしげる。

「魅力的だとは思います。優れた武将で弁舌も爽《さわ》やか、容貌《ようぼう》もまたそれにふさわしく、王家の血統と莫大《ばくだい》な財もお持ちです。あの方に愛されたいと望む女人は、星の数ほどいるでしょう。そのことに、理解も納得もできます。ですが……そう、私自身があの方に愛されたいと――あの方を求めていたかと問われれば――自信がありません」

そう。范将軍の求愛はいつだって熱烈で積極的で、けれど潤霞が、それに喜びを感じていたかというと――答えは曖昧《あいまい》だった。

不快だったわけではない。地位も財産も能力もそろった、あれほどの美形に言い寄られて、不愉快に思う女はいないであろう。その心理は潤霞にもよくわかるし、実際、潤霞自身も「助けたい」と言われて悪い気はしなかった。

けれど、戸惑う気持ちも、同じくらい大きかった。

少なくとも、なにもかも忘れて、ただ一心に彼の胸に飛び込みたい。そこまでは思わなかった。考えつかなかった。

それが真実かもしれない。

周正妃はわかったようなわからないような表情で、さらに問いかけてくる。

「ではどうして、そんなに苦しげな顔をしているの？」

言われて、潤霞は自分が必要以上の衝撃をうけていたことに気がつく。

少し、自分の心をのぞいてみたが、答えはあっさりと浮き上がってきた。

「范将軍様の行方が知れぬのは、不安です。友として親しくもしてくださった御方です、不安にならないはずがありません。ですがそれ以上に、この知らせを聞いた雪峰《せっぽう》様がどう思われるかと思うと……不安なのです」

新たに、親しい身内を失ってしまった――。

凄惨《せいさん》であろう戦場で一人、彼は今、なにを思い、なにを感じているのだろうか。

裾《すそ》をぎゅっとにぎりしめた潤霞の横顔に、周正妃もそれ以上の追及はひかえた。


さらに五日がすぎた。王都を包む雰囲気はあいかわらず暗い。いや、一日ごとに暗さを増している。豪華な邸宅が並ぶ通りは住人たちが退去して閑散とし、残されたのは行く宛《あて》も、逃げる気力や財力もない、貧しい者たちばかりだ。

後宮は一応、人数は減っていない。一度入ったら二度と出られぬ場所なので、戦況の悪化を前にしても避難という行為は許されない。女たちはやきもきしながら、全身を耳にして、伝わってくる戦況に意識を集中している。

その状況にも一石が投じられた。

明王率いる主力部隊が国境を突破した閃軍と交戦、閃軍の勝利に終わったと、早馬が報告してきたのだ。

明軍は敗退、閃の王に率いられた閃軍が王都に迫っているという。

その報が届いた時、居合わせた重臣たちはしばし立ち尽くした。けれど沈黙が破れると、それぞれ己が仕事にとりかかった。

すなわち逃走である。

王宮は蜂《はち》の巣を突いたような騒ぎとなった。

下位も上位も区別なく官たちが駆け回り、女たちがすすり泣く。宝物庫の鍵《かぎ》が開けられ、火事場泥棒たちが先を争って金目の物を奪い合う。廊下や、個々の部屋に飾られていた壺《つぼ》や置物、食料庫の食材まで持ち出された。

騒ぎは後宮にも伝わる。

といっても、正式な報告がなされたわけではない。ただ、常に女たちを閉じ込めていた門が開け放たれ、事情を知った門番が手短に状況を説明しただけだ。

「明軍は敗退しました、明王陛下の行方はしれません。王都には閃軍が迫っています」

門番は、ちょうど門の側にいた女にそれだけ伝えると、自分も逃げ出す用意にとりかかるため、さっさと持ち場を走り去った。

置いていかれた侍女はしばし呆然《ぼうぜん》とする。告げられた内容が理解できない。

しかし、開かれた分厚い扉のむこうの様子が見えてくるにつれ、門番の言葉と、己の状況がわかってくる。

侍女は我に返ると、一目散に主人のもとへ戻った。

「明軍敗退」「明王生死不明」

その情報は、誰からともなく後宮にひろがった。本宮に遅れて、後宮は大騒ぎになる。

やはり、と感じながらも、誰もが逃げ出す準備にとりかかった。門は開けられている。

「李妃様、お早く」

潤霞も例外ではなかった。知らされた内容に呆然とする暇もなく、気づけば侍女たちにせかされ、外出用の装いに着替えさせられている。

周正妃にすすめられ、荷物はすでにまとめていた。いくばくかの金銭と、換金が容易い小振りの装飾品が、女が片手で持てる量にまとめられている。衣装はかさばるので持たない。避難しやすいよう、動きやすい衣もあらかじめ選んでいた。

深窓で育てられた世間知らずの姫君であれば、このような状況においても、選ぶ品にはこだわったかもしれない。だが潤霞は財産の少ない下層に育った娘だ。身の安全が最優先と割りきり、避難にあたっても、護衛してくれる者がいる状況を当然とは考えない。

自分の身は自分で守るしかないと覚悟を決めていたから、美しい品々への欲求さえ捨ててしまえば、荷物の内容で侍女たちを困らせることはなかった。

むしろ、あれもこれも持って行こうとする侍女たちを、たしなめる側にまわったほどである。

潤霞は小さな荷物を胸に抱え、親しんだ侍女たちと共に自分の棟を飛び出した。

「周正妃様は？　もう避難されたの？」

「正妃様は、正妃様付きの者たちがお守りしているはずです。あの方には宰相《さいしょう》のお父君もおられます。李妃様は、ご自分の身の安全だけ、お考えください」

女官の曹《そう》夫人が強く背を押す。後宮でただ一つの出口にむかう女たちの列に加わり、高い塀の外へ出る。

その先はめいめい、勝手な方向へと散らばっていった。

妃《きさき》たちの中には、本宮《ほんぐう》で役人を務める父親と合流できた者たちもいた。後宮の出口付近に何人もの男たちが集まり、年配の男と並んで逃げ出す若い女の姿がある。若い男は、高官に命じられて娘を迎えに来た、侍従のようである。

侍女として後宮に入っていた娘を迎えに来た父親もいれば、無理強《むりじ》いせずに暇を出す妃もいる。主人の返答を待たずに、父親と駆け出す侍女もいた。

潤霞も、まずは伯父を探した。伯父は田舎の人間だが、潤霞が後宮にあげられた際に官吏に召し上げられている。妻子は王都の外へ逃がしたが、役人である伯父はまだ王宮に残っているはずだ。

しかし人込みに伯父の姿はない。

焦る侍女たちは早々に伯父の迎えをあきらめ、主人に王宮から離れることを訴える。潤霞も、状況を考えれば従わざるをえなかった。

長い回廊と閑散とした廊下を小走りに抜けて、石畳の上を王宮の門へとたどりつく。押し合い圧《へ》し合いしながら、なんとか王宮の外へ脱出することができた。

王都は逃げ出す最後の人の列であふれている。潤霞は侍女たちに導かれるまま、荷物を抱えて走り出した。

一度、背後をふりかえる。

そこには、壮麗だけれど、もはや残る者のいない、空っぽの巨大な建物が残されていた。

その光景は、立派だけれども側にいる者のいない、一人の青年の姿に似ていた。

「李妃様、お早く！」

女官が手を引く。


王都と国境をつなぐ行路から離れた、深い山の中。新緑の木々の陰に隠れるようにして、明軍先遣隊の最高指揮官、左将軍范伯陽《はくよう》はいた。彼一人ではなく、彼の選びぬいた部下たちも連れて、である。

小隊は現在、行路を外れて潜伏中であった。

「范将軍様、客人が到着なさいました」

部下の報告を受けた范将軍の顔に、敗北を喫した屈辱や苦悩の影はない。それどころか戦闘による疲労の色も薄く、むしろ来るべき決戦にそなえて英気を養っているようなふてぶてしさがあった。

范将軍は客人を迎えに、天幕を出る。

武骨な軍の潜伏地に、白い薄絹を垂らした簡素な馬車が一台。

「伯陽」

明るい喜びの声をあげながら、垂れ幕をめくって一人の女が美々しい姿を現した。そのまま周囲の兵たちの視線もかまわず、美蘭《みらん》は范将軍の胸へと飛び込む。

伯陽も悪びれずに美蘭をうけとめた。

「会いたかったわ、伯陽。あなたのことだから心配はないと、わかってはいても、あのうっとうしい後宮で、待っているだけの日々はつらかった。万一、もしものことがあったらと思うと。でももう、大丈夫。あなたはここに、私の前にいるのだもの」

甲冑《かっちゅう》を着込んだ胸に頬《ほお》をすりよせるその様子は、まぎれもなく恋人に対する甘えだ。

美蘭は心から、伯陽の無事と彼との再会を喜んでいた。

伯陽も、美蘭の華奢《きゃしゃ》な肩を抱きしめる。山の中だというのに、美蘭は夏の花にも負けぬ華やかな色合いで豪華に装っていた。彼女にしてみれば、久々の恋人との逢瀬《おうせ》に恥ずかしくない格好をしてきただけのことである。

「久しぶりだな、美蘭。あいかわらず美しい。その美しさもようやく、これからは私一人のものだ。馬車は疲れただろう、むこうにやわらかい敷物を用意させてある」

伯陽は美蘭を、今まで自分が休んでいた天幕へ導く。周囲の兵たちも、二人のそんな会話や態度に不審を抱くそぶりもない。

美蘭は伯陽の腕にすがりつくようにして、案内された天幕に入った。髪や耳にふんだんに飾った美しい珠がゆれて、にぎやかな音をたてる。

伯陽の言うとおり、天幕の中には動物の毛皮や、やわらかい織物が何重にもかさねられ、美蘭が腰をおろすと彼の部下が茶を出してくれた。芳香がただよう。

だが美蘭は部下の兵士が一礼して天幕を出て行った途端、注がれた茶には目もくれずに伯陽に抱きついた。伯陽も「しょうがないな」と言うように美蘭を抱きとめる。

そのまま二人は唇をかさね、しばらくの間、お互いを放そうとしなかった。

唇が離れても美蘭は伯陽に抱きついたまま、ひろい胸に頬をうずめる。そして幸せそうに瞼《まぶた》を閉じた。

「会いたかったわ、伯陽。私たち、もう我慢する必要はないのよね？」

ため息のような甘い美蘭の言葉に、伯陽も彼女を抱いたまま、自信たっぷりに答える。

「ああ。閃側とは話がついている。このあと、閃軍が王都を攻めて王宮を落とせば、戦は終わりだ。そのあとは、私が閃王の代行として、明を治める手はずになっている。なに、明の主力部隊はすでに大破した。たいして長くは待たないだろう」

伯陽の堂々とした物言いに、美蘭は眩《まぶ》しそうに目を細めて彼を見上げる。いつだって彼女の幼なじみは雄々しく、およそ男の持てる美徳すべてを備えるかのようだ。

「戦のあとは、あなたが新しい明の王？」

「代行だ。今はな」

「今は？」

伯陽は唇の端で笑う。

「いずれ閃の王の座を奪う。今の閃王を倒してな。その時は明のみならず、閃も、閃が支配する国々もすべて、私のものだ。私は明一国で終わる男ではない。明ごときに、私の器を満たすことはできない。私はいずれ、この大陸すべての国々を手に入れる」

ほの暗い、野心に満ちた目で語る男の笑みを、美蘭はうっとり、見つめる。

これぞ男の中の男、力と才能と運を味方につけた、天に選ばれし逸材だ。この男を捕まえることこそ、女として最高の勝利に等しい。

美蘭はそう信じつづけ、そしてその勝利を手にしたはずだった。

「じゃあ私は、大陸の王の正妃ということになるのね。大変だわ」

「すべての国を統《す》べる、ただ一人の正妃だ。お前とて明一国で終わる女ではないだろう」

ふふ、と美蘭は笑った。

「私は大陸の支配なんて、どうでもいいの。ただ、好きな人の妻になれれば。ただし、その他大勢の妻ではなくてよ？　唯一無二の女でなくては」

「唯一の正妃だ」

「正妃以外の女は迎えるつもりでしょう、複数まとめて」

美蘭がじろりとにらむと、伯陽ははじめて怯《ひる》んだ様子だった。しかしすぐにそれまでの魅力的な笑みをとりもどす。

「お前以上に愛しい女はいない」

「二番目三番目でも、愛しいことには変わりないということね。時々は他の女も試してみたいのでしょう？」

「美蘭……」

本気で弱っているらしい伯陽の表情を見て、美蘭は機嫌をなおす。

「いいわ、許してあげる。ただし私が唯一絶対の、他とは比べものにならない、ただ一人の真実の妻だと、天地にかけて誓うならね。大陸の覇者ですもの、二人や三人くらいの愛《あい》妾《しょう》は、いたほうが箔《はく》がつくでしょう。でも、正妃は私一人よ」

「未来永劫《えいごう》、お前一人だ。後継もお前の子から選ぶ。お前には、私の正妃の役目だけではなく、次代の大陸の王の養育も引き受けてもらうぞ？」

「もちろんよ」

美蘭は笑って、また伯陽に抱きついた。ふと、その顔にわずかな不安がよぎる。

「でも……大丈夫なの？　本当にうまくいく？」

「なにを今さら」と伯陽は笑う。

「お前も見ただろう？　私の部下はほとんど無傷で、ここに待機している。お前も後宮を脱出し、あとは機会を見計らって閃軍に合流するだけだ。そのあとは、生死不明だった私が『奇跡的に』生きて発見されたと発表し、命の保障と引き換えに閃に忠誠を誓ったという名目で、閃の指示のもと、明を治めればいいだけだ。虜囚という体裁は気に食わないが、敵の目を欺くための方便と思えば、我慢できぬこともない。大事を成す前には、小さな不自由を乗り越えねばならぬ時もあるのだ」

そして、かすかなため息と共に、少し遠い目をした。

「雪峰には気の毒だったが。だが李妃が現れた以上、ぐずぐずしてはいられなくなった。李妃が子を産めば、従兄弟《いとこ》である私に王位が回ってくる可能性はぐんと低くなる。雪峰自身、明王位には執着していなかった。ならば、欲しい者が力で奪うのが、この戦乱の世の理《ことわり》だ」

そして少しからかうような、皮肉気な笑みで腕の中の幼なじみを見おろす。

「お前には不運だったかもしれないがな。せっかくの明の正妃の座が、おじゃんだ」

すると美蘭も艶《あで》やかに、挑発的な笑みを返してきた。

「私が、明一国で収まる女ではないと言ったのは、あなたでしょう、伯陽。大陸の唯一の正妃の地位こそ、私にふさわしいって。明の後宮なんかに未練はないわ。雪峰は一度だって、私を見はしなかったもの。それこそ、雪紅《せっこう》公主様が生きていた頃から、ずっとね」

父に、「未来の明王陛下だ」と言われて引き合わされた少年。けれど、その深い瞳《ひとみ》が美蘭を見、その唇が美蘭の美しさを賞賛することはなかった。

「だから、彼のことはいいの。はじめから、うまくいく仲ではなかったのよ、私たち。裏切る形になってしまったのは申し訳ないけれど、これが運命だったのだわ」

悲痛……というにはあまりにもけろりとした言い様に、伯陽が声をあげて笑う。

「宰相殿は卒倒するだろう。可愛い一人娘が、男と逃げたのだからな」

「いいのよ、お父様なんて。散々、後宮は嫌だと、泣いて訴えた私の心を無視して、雪峰に差し出したのですもの。私はあの頃から、嫁ぐならあなたのもとだと、心に決めていたのに。初恋を踏みにじったのよ？　この程度の報いは、当然だわ」

自分の言葉になんの疑問も持たず、心からそう信じて言いきった明随一の高貴な女人に、明中の高貴な女人を騒がす男は妖《あや》しい笑みを浮かべて言いきる。

「悪い女だ、お前は。だがそれでこそ、私にふさわしい」

美蘭もほほ笑む。共犯者の笑みだった。

再度の口づけを受け止め、ふと思い出したように伯陽に伝える。

「そういえば、李妃のことだけれど。あなたのこと、好きではなかったようよ」

伯陽の眉《まゆ》がぴくり、動く。美蘭は面白そうにあとをつづけた。

「あなたのこと、とても魅力的だとは言っていたけれど。好きとまではいかなかったようね。あなたの敗北を聞いた時も、あなたの身を案じてはいたけれど、それ以上に雪峰のほうが気にかかっていたようだったわ」

伯陽はなんともいえぬ様子で視線を宙にさまよわせる。その彼から少し体を離して、美蘭が二つの瞳をのぞき込んできた。

「知っているのよ。あなた、李妃を口説いていたでしょう？　かわいそうに、李妃は遊びを知らない、田舎の小娘よ？　すっかり困ってしまって。でも残念ね、李妃の心はしっかり雪峰に結ばれていたわ」

「そうか」

と、さして残念でもない様子で伯陽は美蘭を抱えなおす。苦笑しながら肩をすくめた。

「一介の妃とはいえ、王の寵妃だ。手懐《てなず》けておけば、後々役に立つだろうと思っていたのだがな。お前の言うとおり、世間知らずの田舎娘だ。いかにもな台詞を吐いて、口づけの一つも与えてやれば、すぐに陥落すると思っていたんだが……」

伯陽と美蘭の仲は長い。彼女が後宮に入る以前からの付き合いだ。美蘭が後宮に入ってからも、後宮にまで足を踏み入れることのできる伯陽の高位を利用して、数えきれないほどの逢瀬を重ねてきた。

元日の夜、はじめて李妃に出会った時も、美蘭と密会する約束をかわしていたのだ。そうとは知らず指定された場所に偶然やって来た李妃を、伯陽は美蘭と思い込んで抱きしめてしまったのである。

「あてが外れたようね」

「たまにはそういうこともある」

そして伯陽はまた表情を変えた。

「李妃は一途だな。自分を身代わりとしか見ない男に、そこまで義理立てするとは。あるいは極貧の暮らしから救われたことが、そんなに嬉《うれ》しかったのか……」

「どうでもいいじゃない、そんなこと」と美蘭が伯陽の言葉をさえぎる。

「私たちようやく、堂々と寄り添えるようになったのよ？　過ぎ去った過去のことより、未来のことを考えましょう。これからはずっと、一緒にいられるのでしょう？」

「今すぐに、というわけにはいかないがな。もう一仕事、残っている。それが終わってからだ」

「まだあるの？」

「閃王に、王都と王宮の兵の配置状況を教えなければならない。これからしばらく厄介になる相手だ、そのくらいの手土産は必要だ」

左将軍と呼ばれた男に、昨日までの自軍の情報を敵軍に流す後ろめたさはない。

「早くすませてちょうだい、私もう、一日だって待てないわ……」

周美蘭——明国の周正妃は、ようやく再会した幼なじみの恋人の胸にしなだれかかる。

伯陽——范将軍もまた、彼女の背に手を回し、やわらかい敷物の上に横たえた。

十　流れ着く先

明王《めいおう》と明軍敗退の報は王都中に伝わり、周辺へと広がっていく。王都には逃げ出す力のないわずかな人々だけが残り、そうでないものは閃《せん》軍の猛攻を避けて、少しでも遠くに逃れようと試みていた。

明王の寵妃《ちょうひ》、李妃《りひ》潤霞《じゅんか》も数名の女官と侍女に守られ、王都を脱出していく。李妃の血縁である伯父とは連絡がつかず、李妃の故郷の田舎も王都からは距離がある。

さしあたっては王都近くの農村に身を潜め、あらためて遠方への逃亡の機会をうかがうということで、話はまとまった。

なりゆきもあったとはいえ、王が不在となり、権力基盤が崩れたこの状況で、王都脱出という非常事態におちいっても従う者がいたのは、李妃の人徳であろう。下層出身の彼女は深窓育ちの姫君のように居丈高にふるまうことがなく、自身が受けとった家臣からの献上品の数々も気前よく分け与える、仕えやすい主人だった。

「閃軍が王都に到着すれば、王宮に乗り込んで明の実権を奪うでしょう。しばらくは王都を離れて、機会を待ちましょう」

女官の曹《そう》夫人の説明を聞き流しながら、潤霞は気づけば、垂れ幕の奥から背後をふりかえってばかりいる。視線の先には数刻前に脱出してきた明の王都を囲む塀と、その塀にも隠れきれぬ明の王宮があった。馬車がゆれる。

曹夫人が痛ましげに李妃を励ます。

「お気持ちは、お察しします。ですが李妃様、今はご自身のお命が大事とお考えください。李妃様が生きていてこそ、生き延びられた陛下との再会も叶《かな》いましょう。おつらいでしょうが、どうぞ今はご辛抱を……」

『生き延びられた陛下』という曹夫人の言葉が、潤霞の頭で反響する。明王は生き延びられたのだろうか。報告は届いていない。ただ、『生死不明』と伝えられただけだ。

潤霞は来た道を見おろしつづける。

王都の塀は抜けたが、平地に伸びる行路は王都を脱出してきた民でいっぱいで、彼らの抱える荷物がますます道を窮屈にしている。

王都の外に出たのだから、道を外れて歩ければいいのだが、行路の左右は人の手が入っていないため、背の高い草が行く手をさえぎっていて、歩きにくいのだ。馬車も、人の波に邪魔されて走ることができない。

しばらくはこの調子がつづくと思われた。

自分で荷物を背負い、子供の手を引いて歩く人々を見おろしていると、潤霞はなにもせず、腰をおろしているだけの自分が罪悪に思えてくる。

それなのに頭はしきりに一つの方向へむかいたがって、その他の事柄を考える余裕を与えてくれないのだ。

さっきからずっと、胸がすっきりしなかった。

むろん、敵軍が迫って命からがら逃げ出している最中なのだ。気分がすっきりしているはずがない。が、この重さはそれだけが理由とは思えなかった。

王都脱出。逃げるのだ。王宮を。人々を置いて。

実権があったわけではないとはいえ、仮にも国王の妃である自分が、そのようなことをして許されるのだろうか。これは、妃にふさわしい行為なのだろうか。

むろん、命が大事ということは理解できる。死んでは元も子もないということも。

だがそれでも、今の自分は間違ったことをしているという、疑惑が頭から離れない。

自分は間違っている。ここは自分のいるべき場所ではない。

でも、ならばどこにいるべきなのだ？

潤霞は頭を強くふった。

もう、考えるのはよそう。当の本人に言われたではないか。『不要だ』と。

明王に自分は必要ない。自分はあくまでも、彼の姉に似た姿形が重要な、意志を必要とされない身代わりだったのだ。

だから、彼の姉との相違が表面に現れて明王の幻想が破られれば、途端に無価値となる。

それだけの存在だった。

明王に会えるかどうかはわからない。でも会えたとしても、もう話すことはないだろう。彼の夢は砕けてしまったのだから。

いや、そもそも明王が生き延びたかどうかさえ……。

潤霞は己の膝《ひざ》に肘《ひじ》をついて、長い袖《そで》に顔をうずめた。多少の無作法も、今は女官たちも見逃してくれる。潤霞はかたく目をつぶった。

馬車の振動が伝わってくる。

せまい闇《やみ》の中で、つくづく自分は家族の縁に薄い人間だったと、ふり返った。

父を亡くし、母を亡くし。夫であった人とも、もう二度と会えることはないだろう。

潤霞はまた、一人になってしまった。

閃が侵攻してきた今、王宮に戻れる可能性はない。李妃の肩書を主張しても、かえって己を危険にさらすだけだ。あの華やかで贅沢《ぜいたく》な生活に戻ることは、二度とあるまい。

それはかまわないが、数えてみれば短い夢だった。半年もたっていない。

このあとはまた、どこかの田舎で土にまみれ、畑を耕すことにでもなるのだろう。

あるいはそれでまた、新しい夫を見つけ、新しい家族をつくり……。

潤霞は顔をあげる。

できるのだろうか。本当に？　そんなことが？

馬車の入り口をおおう垂れ幕をにぎりしめる。

そもそも。何故、こうまで後ろ髪を引かれるのだ。なにが自分を引き止める。

あの人は自分を「要らない」と言った。そうまで言われて、何故。

無意識に入り口から身を乗り出していた。「危ない」と侍女が背後から袖を引っぱる。

馬車のまわりを護衛していた兵士と徒歩の民が、いかにも身分高そうな女人を見上げた。

が、そのすべてが潤霞の目には入らない。

自分の行きたいのは、どこだ。自分の本当の望みは。

駄目だと言われても、望みがないと言われても、それでもあきらめきれない思い。断ち切れない想いは。

風に頬《ほお》をさらしていた潤霞の目に、灰色の王都の壁が映る。その奥に、壮麗な建物の屋根と、壁のごく一部が。

あれほど豪奢《ごうしゃ》だった宮殿は誰もが逃げ出し、巨大な建物は虚ろとなって冷たい風にさらされようとしている。

ふいに、潤霞の胸に込み上げるものがあった。

あれを見捨ててはならない。

あそこにいたのは、寂しい人。家族を失い、友人を亡くし、今また、すべての人々と力を失おうとしている人だ。

あの人に、これ以上、悲しい思いをさせてはならない。させたくない。

あの人がなんと言おうと——潤霞がそれをさせたくないのだ。

離れたくない。

潤霞は垂れ幕を思いきりめくった。

「李妃様⁉」

女官が叫ぶ。同乗していた侍女たちも目をみはった。

「李妃様！　お戻りを‼」

女官が叫ぶが、潤霞は止まらない。馬車を飛び出し地に降りると、なりふりかまわず人込みをかきわけはじめる。騒ぐ女官の声を聞き分けて、「李妃様？」と首をかしげる民もいた。『明王の寵妃、李妃』の物語は国中で謳《うた》われている。

「李妃様‼」

馬車のまわりをとりかこんで護衛していた兵士の一人が、潤霞を捕まえようと慌てて手をのばしてきたが、潤霞はその手をふりはらった。

「私のことはいい！　あなたたちは逃げなさい！　私のことは放っておいていいから‼」

人波に押し戻されてしまいそうになりながら、潤霞は出せるだけの声をはりあげた。驚愕《きょうがく》に目をみはる兵や侍女たちの顔が見える。

「しかし!!」

「逃げなさい!!　私のことは捨てて!!　命令です!!」

他者に命じることを知らぬ田舎で育った潤霞の、これが最初で最後の本当の命令だった。

人の流れに逆らい、人と人の合間を縫って、袖や髪が乱れるのもかまわず、もと来た道を走る。その背はすぐに人込みにまぎれて見えなくなる。

誰に強制されたわけでもない、潤霞が自分で選んだ道、望んだ未来だった。


その数刻前。王都の手前でいったん歩みをとめた閃軍の指揮官たちが、王を中央に最後の確認をしているところであった。

「もはや王都に残るは、わずかな残存兵力のみ。その兵の配置も、すでに判明している。一気に攻め入り、一息に王宮を陥落する。日没には決着がつこう」

髭《ひげ》をのばした壮年の将軍が力強く宣言を聞いて、集まっていた諸将も一様にうなずく。

彼らは油断してはいないが、自軍の優位も疑ってはいない。実際、主力軍を撃破して相手国の王も敗退に追いやった以上、残るは掃討戦にちかかった。

天幕を出て行く将軍たちを見送り、軍の最高指揮官である王の補佐を務める武官が、中央に腰をおろしたままの閃王にたずねる。

「例の密通者……范《はん》将軍はどういたしますか？　本当に、明を占領したあとの、代行統治者としてお迎えになるおつもりで？」

若い、女と見まごうばかりに端麗な顔立ちをした異国の王は、他者の運命を決める罪悪感も傲慢《ごうまん》さも残酷さも見せず、ただ、淡々と部下に命じた。

「始末していい。長年、友人として血縁として付き合ってきた自国の王を、裏切る男だ。抱え込んでも益はない」

そして一つ付け加えた。

「剣の腕はなかなかのものだったが。もう見切った。用はない」

「承知」

部下は一礼すると、躊躇《ちゅうちょ》も見せずに天幕を出て行った。


足音が高く響く。雪峰《せっぽう》は生まれ育った建物へと、たどり着いていた。

乗ってきた馬を降り、手綱を解いて放してやる。よく躾《しつ》けられた馬は解放されたことがわからないのか、しばらくその場に突っ立っていたが、やがて石畳の上を軽やかに走り出すと、本宮《ほんぐう》の庭園へと消えて行った。水でも探しにいったのかもしれないし、いつもの厩舎《きゅうしゃ》に戻ったのかもしれない。

それを見送った雪峰は持っていた兜《かぶと》を放り出し、あてもなく歩き出した。

（やはりこうなったか）

それは、心のどこかで常に思ってきた事柄だった。

この戦に赴く前からずっと。もうずいぶん以前から。

美しい、贅沢だと褒め称えられるこの宮殿を、誰もが放り出して、自分一人が取り残される夢――。

いや、夢に似た現実だった。今、彼の前には空っぽの建物がある。

残っていた大臣たちは逃げ出したのだろう。王宮の警備にあたっていたはずの兵士の姿もなく、ただ、いたる所に略奪の跡がある。庭木は折れて花が散らされ、回廊の石畳には破れた布やら紙やら陶器の破片らしきものが散らばり、部屋の中では椅子《いす》や卓がひっくり返っている。

「家族のもとに戻りたいか？」

閃軍と衝突し、定められていたように敗北して戦場を脱出したあと、雪峰は自分に付き従っていたわずかな兵たちに、そう訊いた。高位の武将だけではなく、下級の兵も含めてだ。

兵たちは突然の王の質問に戸惑いながらも、しきりに仲間たちと顔を見合わせる。

その表情が答えを物語っていた。

「戻りたいなら、戻るがいい。私が解放する」

王の唐突で静かな言葉に近衛《このえ》たちは躊躇を見せたが、雪峰がかまわずに馬を走らせてその場を離れると、追いかけて来る者はいなかった。

もう、態勢の立て直しようがないほどの敗退ぶりだったのだ。彼らが死を望まぬなら、発見されれば確実に首を斬《き》られる自分といるほうが生き残れる可能性が低い。

雪峰は、王である自分を見捨てる兵たちを、薄情とは思わなかった。

国と家族を比べれば、家族をとるのが当たり前だ。

少なくとも、自分ならそうする。

そうして単騎、行路を駆けて王宮に戻ってきたのである。

王宮では、逃げる足を持たぬ建物だけが残っていた。

もう、ずっと以前に悟っていた事実だ。国王だ公子だと持ち上げはしても、いざとなれば、人は上に立つ者を見捨てて逃げ出す。それがたとえ、王であっても。

王も公子も公主も、しょせんは自分たちが生き、少しでもよい暮らしをするための道具にすぎない。その証拠に、走ってきた通りの家々も、すっかり人の気配が絶えていたではないか。

人はいない。長年の友人たちも消えた。

確証はなかった。が、雪峰は、先遣隊と主力部隊の敗北が、范将軍の裏切りによるものだと確信していた。閃軍は不可解なほどこちらの動向や配置を把握し、明軍に反撃の余地を与えなかった。

周正妃《しゅうせいひ》は彼のあとを追ったのだろう。あの二人はずっと以前から関係を結んでいた。伯陽《はくよう》は身の程がすぎるほどの野心に満ちた男であり、美蘭《みらん》はそんな彼と逃げ出すことを夢見る、贅沢と特別扱いが好きな女だった。

あの二人が手を組んだのなら、いずれこうなることは必然だったのだろう。

雪峰はもう、それらのことに怒る気力も、憎む気力もわいてこなかった。

ただ、規則的に足を動かす。目の前にあらわれた光景を認めて、わずかに笑った。自《じ》嘲《ちょう》の笑みだった。

開け放たれたままの、分厚い扉。

後宮の門だった。

けっきょく、自分はここに戻って来るしかないのか。

雪峰はぶらぶらと歩きだす。

雪峰の生まれた場所だった。そして幼少時代をすごした場所だった。

正妃である母のもと、公主の姉と二人、父である先王の訪れを待ち、公子の意味もしかとは理解せぬままに、ただ毎日を穏やかに過ごしていた。

それだけで充分だったのに。

人々の権力への欲望は、両親を奪っていった。

そして残された姉も、国によって奪われた。

雪峰は一人、姉を奪った国に残され、両親を奪った王位がその手に残された。

昼さがりの陽光に水面が輝く。人の手で造られた大きな池の手前で、雪峰は足を止めた。そのまま回廊の欄干に腰をおろす。甲冑《かっちゅう》が重かったが、今さら脱ぐのも面倒だった。鳥の鳴き声が聞こえる。

本当に、誰もいなかった。

雪峰は欄干にもたれて目を閉じる。怒りはない。憎む気もおきない。憎むにはもう、ずっと前からあきらめていた。愛されることを。

ただ予測していた。

この結末を。

わかっていたことだった。

だから、雪峰の胸に去来するのは怒りや憎しみといった熱ではなく、池に生まれるさざ波にも似た、冷えた感情だった。

ゆっくり沈んでいく。

そのまま午睡でもするかのようにじっとしていると、茫洋《ぼうよう》とした意識の中、一つの光景が目交《まなか》いによみがえってきた。

金色に輝く丘の上、一人の娘がたたずんでいる。


あの日、辺境の視察に訪れていた雪峰は、ぽかりと空いた時間に馬を走らせた。部下も連れず、世話を焼きたがる田舎領主もまいての、ただ一騎での遠駆けだった。

無用心といえば無用心この上ない。だが雪峰はこの時、久々に自由な、気兼ねのない時間を味わっていた。王宮のいかなる声も視線も、この時の彼には届かない。

そして勢いのままに馬を走らせた結果、金色に輝く枯れ草におおわれた丘陵地帯にたどりついた。そしてなおも馬を走らせようとした矢先、行く手に突然現れた人影に、馬も騎手も驚き、見事落馬する羽目となってしまったのである。

臣下のいる状況であれば、王の行く手を阻んだ人影――身寄りのない貧しい田舎娘は叱《しっ》責《せき》をまぬがれなかっただろう。雪峰の負傷如何では、処罰されたかもしれない。

だが幸いというべきか、この場には口うるさい家臣も神経質な供もおらず、彼はわざわざ娘の無礼を咎《とが》める気にはなれなかった。ただ、注意の一つも与えて、その場を離れればすむことだった。

それがそうならなかったのは、彼を乗せていた彼の馬が、どこかへ走り去ってしまったからだ。王の乗馬は主をふり落とすと、鞍《くら》だけを乗せて丘を駆け降りて行ってしまった。

むろん、人の足で追いつけるはずもなく、戻るにしても、歩いてどうにかなる距離ではない。雪峰は新しい馬を見つけねばならず、落馬の原因となった娘に案内させて、近くの村で農耕用の馬を確保した。

そして例の娘に見送られて、領主の城に戻るつもりだったのである。

だがいざ村を離れようとすると、彼は、彼を見送る娘から離れることができなくなっていた。彼女を手放すくらいなら、奪って逃げたいと思った。そしてそのとおりにした。

理屈ではなかった。自分でもどうにもならぬ衝動だった。あるいはそれほど、家族を失った過去が彼の胸に空洞をあけていたのかもしれない。

彼女は亡くした最後の家族に酷似していた。

雪峰が連れ帰った彼女を、手練手管で王にとりいろうとする怪しい者だと、忠告する者もいた。けれど雪峰は一切の諫言《かんげん》も批判もうけつけず、彼女を王宮に連れ帰った。そして自身の後宮におさめ、美しい物、高価な物を目についた端から贈っていった。

それこそ、ようやく見つけた、ただ一つの宝玉を、誰にも触れさせず、大切に閉じ込めておくかのように。

雪峰は笑った。笑ったつもりだった。

馬鹿《ばか》なものだと、嘲笑《あざわら》うしかない。どんなに姿形が似ていても、彼女は姉ではない。

現に彼女は雪峰を置いて逃げ、もう二度と会うことはないだろう。

だが雪峰は、彼女を恨《うら》む気にはなれなかった。

そもそも、先に彼女を身代わりにしたのは自分だ。容姿を気に入っただけだと、頭の隅で自覚していながら、それをつづけた。彼女を死んだ姉と——いや、姉を含めた失ったもののすべての代替として、手許に置きつづけた。

置かれたほうはどうだったのだろう。

もし、彼女が本当に伯陽を愛していたのだとすれば、自分がそれを引き裂いたようなものだ。彼女一人を責めることはできない。

終わりを目前にして、雪峰の心はあきらめに似た寛容が支配していた。

静かに瞼《まぶた》を閉じ、眠りの淵《ふち》に沈み込もうとする。

このまま目覚めないつもりだった。

閃の軍が乗り込んで来ようとも、万の軍靴がこの体を踏《ふ》み潰《つぶ》して行こうとも、二度と目覚めるつもりはない。生まれ育った、過去の残骸《ざんがい》が転がるこの場所で、果てる。

今度こそ失ったものをとりかえせる。いや、失われた場所へと逝くことができる——。

霞《かす》んでいく意識の中でふと、もし、もう少しましな出会い方ができていたら今頃は、と自問する自分がいた。

音がする。忙しく石畳を叩《たた》くやわらかい音。人が走る足音に似ている。

けれどおかしい。音が一つだ。空になった王宮にやって来たのは兵の集団ではなく、一人の人間らしい。まっすぐにこちらに走ってくる。

雪峰は足音がかなり近づいてからようやく、その音を認識し、ゆるゆると思考する力が戻ってきた。

いったい誰だと、なかば不機嫌な気分で、投げやりに欄干から身を起こす。

すべてに見捨てられた王宮にただ一人、駆けて来る人間なんて——。

その時、雪峰は気がついた。

足音。

軽すぎる。やわらかすぎる。

男の、軍靴の足音ではない。

雪峰は顔をあげ、とっさに自分が先ほど通ってきた方向をふりかえる。

誰もいなくなった庭園のむこうに、頼りない花のような立ち姿が一つ。

その花は左右を見渡し、自分を見つめる雪峰の姿を見つけると、こちらにむかって真っすぐ駆け出してきた。

何故。

そう思った。

潤霞は走る。走っていた。

ここへたどり着く前に、すでに沓《くつ》は脱ぎ捨てていた。銀糸で刺しゅうされた美しい沓は小さく、足を指先までぴたりと包んで動かすのに適していない。

半年前までの暮らしを思い出せば、むしろ裸足《はだし》のほうが足になじんでいた。

その素足で長い裾《すそ》を蹴《け》るように走りつづける。

何故なら、ようやく気づくことができたから。

好きなのだ。この男性が。

身代わりであろうと、なんだろうと。

この人が自分を見るたび、浮かべていた笑み。

自分以外の、誰かの姿を重ねて。

その笑みは、その人にむけられた笑顔だったのだろうけれど、潤霞はその奥に秘められた悲しい心を見出していた。

いつも、寂しそうだった。

だから、手が放せなかった。

この人を支えたかった。包み込みたかった。

身代わりにすぎないとわかっていても——そばにいたかった。

好きだったのだ。

たくさんの人々の中で、自分と似た孤独を抱えた男性だった。一緒にいたかった。

潤霞はようやく戻って来られた、ただ一人の夫のもとへと、走り寄る。


何故、戻って来るのだろう。逃げたと知り、たしかに安心する自分がいたのに。

これではすべて台無しだ。ここはじき、敵の軍勢に押《お》し潰《つぶ》される。もう誰も、自分はおろか、彼女を守るものはいないというのに。

その瞬間、雪峰は霧が晴れるように理解した。

あの時の、姉の本当の気持ち。たしかな真実。

あの時、姉は国を選んだのではない。雪峰を見捨てたわけでもない。

彼のために、自分の命を捨ててくれたのだ。

彼を、天から守るために。彼が統べるべき、国を残すために。

彼を捨てるためではない。

彼を愛していたから。

「潤霞!!」

雪峰もまた、思いきり手をのばしていた。


終わりが近づくはずの時間の中で、雪峰は力いっぱい、彼女を抱きしめる。彼女も雪峰を抱きしめていた。

その体温を全身に感じながら、痺《しび》れるように実感する。

身代わりではない。姿形がどうあろうと、今はもう、関係ない。

ただ、すべてが自分を捨て去って行った中で、ただ一人、戻ってきてくれた彼女が大切で愛しかった。

もう、誰の面影も彼女に重なることはない。あの、はじめて言い争った晩から、そのことに気がついていた。

雪峰は、あの晩からもう一度、彼女に会いたくてしかたがなかったのだ。

自分の未来がないと思い知ってはじめて、大切なことに気がついた。
自分の命を捨ててでも、救いたいと願う存在があること。その気持ち。

――どうか、彼女だけは生き延びて――。

終章

初夏の野を、二つの人影が歩いている。一人は若者、一人は娘。

国を襲った戦《いくさ》はひとまず決着し、土地はゆっくりと落ち着きを取り戻そうとしているように見える。王都をはじめ、国のいたるところで安全を求める民が避難し、異国の軍の侵攻をまぬがれた町や村は、流れ着いた見知らぬ者たちであふれている。

若者と娘も、その一部であろう。地味な衣装をまとった彼らの、本当の名を知る者はいない。

流れてきた者たちと異なる点があるとすれば、多くの者たちが明日への不安をその顔にうかべているのに対し、彼らは穏やかな表情をたたえているということだ。

寄り添って歩くその姿は誰《だれ》が見ても睦《むつ》まじく、地位や財産を失っていたとしても、じゅうぶんに満たされているように思われる。

やがて彼らはしっかりと手をにぎりあったまま、雑踏の中に姿を消した。

西の小国、明《めい》は台頭著しい閃《せん》に踏《ふ》み潰《つぶ》されて、その時代を終える。明の最後の王は弱冠二十一歳の王、范雪峰《はんせつほう》。明の軍を率いて閃軍の侵攻をくいとめようとするも、王都手前での決戦で敗退、生死不明となる。

その後も明王らしき人物が閃軍の手に落ちたという記録はなく、この時点で彼の生涯は閉じたというのが、大方の見方である。

覇者としては名を馳《は》せることのなかった明王だが、彼は寵妃《ちょうひ》、李妃《りひ》との恋物語で広く世間に知られ、その最後についても諸説伝わっている。

一説によると、李妃は一度は王都を脱出したものの、民の目もはばからず飛び出して王宮に戻ったという話もあり、それが様々な終幕を生み出す一因となったのであろう。

明は閃に滅ぼされたが、明王と李妃の物語は閃の時代に移っても残り、詩や歌、演劇など、様々に形を変えて人々の間に語り継がれることとなる——。

あとがき

おひさしぶりです。というより、長らくお待たせいたしました（「待ってません」って言われたらどうしよう）。はじめての方は、はじめまして。森崎朝香《もりさきあさか》です。

八ヵ月ぶりの新刊です。ようやくお届けできました（涙）。久しぶりの中華もの、『花嫁』シリーズの続編です。あの世界観のまま、別の話を展開させています。

サブタイトルは「霞彩包懐《かさいほうかい》」、霞彩は「美しい色をした霞《かすみ》」、包懐は「包みいだく」もしくは、「ひとり胸の中で思う」という意味です。

いったんお休みしたこのシリーズですが、前シリーズを書きあげ、次の話を考えているうちに、いつの間にか新しいネタが浮かび、書きたくなりました。このままいくとシリアス→中華・ギャグ→西洋と定着してしまうような気がして、少し心配です。

……八ヵ月もあくと、近況をご報告しようにも、その間になにをやっていたのか、ほとんど忘れています。『ルーヴル美術館展』を見に行ったのは覚えているのですが。

目玉の「王妃《おうひ》の旅行用携行品入れ（つまり、鞄《かばん》のこと）」を、見てきました。素晴らしい出来とは思いますが、あんな物をわざわざ注文するあたり（しかも気に入るまで、何度も作り直させるあたり）、アントワネット王妃は、本当の意味で自分の状況を理解してはいなかったのではないかなぁ、と（汗）。

旅行なんて、当座の生活費に洗面道具と着替え一、二回分で充分！　服は動きやすく、汚れの目立たない物を！　ましてや逃亡なら、荷物は極限まで少なくするべき、それこそ全財産詰めた財布一つで充分‼　……たぶんこの方、荷物持ちがいない状況、馬車なしでの旅行なんて、はじめから思いつきもしなかったんでしょうねぇ……。

実は森崎、こういう『ベルばら』的な、ドレスひらひら宝石キラキラな時代設定の『華やかなる宮廷物語！』も書いてみたいのですが、何故か、気づくとヒロイン達は旅に出ていたり戦争に巻き込まれていたり、色気や金気に欠けます。中国服も豪華だけれど、西洋ものでフリルとかレースとかリボンを山ほど出してみたいんですよ！（涙）

ところで、先日、ネットで見つけた『脳内メーカー』というものをやってみました。「森崎朝香」、頭の中はすべて「愛」。「愛」一色です。森崎の頭には「愛」しか存在しておりません。「愛」がすべて、「愛」だけが詰まっております。……どういう意味だ……。

担当様にこの話をしたら、「愛一色の人と、善一色の人と、嘘《うそ》一色の人は、まだ見たことありません」と言われました。そんな担当様は、頭の中が「楽」の字でほぼ埋まっていたそうです。「楽をしたいという、欲求の表れなのか、いつもひたすら楽しいと思っているのか……」と遠い目で言っていました。

「愛」一色の「森崎朝香」。たぶん、「恋愛物のネタばかり考えている」という意味でしょう。「ネタが山ほど詰まっている」なら、願ったり叶ったりなのですが……。

さて、今作からイラストは明咲《あさき》トウルさんです。素敵なイラストを描いていただき、本ができあがるまえから、すでに充分、堪能《たんのう》させていただいております。

それでは、次回の『花嫁』シリーズで、お目にかかれることを祈って……。

森崎朝香

森崎朝香《もりさきあさか》先生の『孤峰の花嫁』、いかがでしたか?

森崎朝香先生、イラストの明咲《あさき》トウル先生へのみなさんのお便りをお待ちしております。

森崎朝香先生へのファンレターのあて先
〒112-8001　東京都文京区音羽2-12-21　講談社　文芸X出版部「森崎朝香先生」係
明咲トウル先生へのファンレターのあて先
〒112-8001　東京都文京区音羽2-12-21　講談社　文芸X出版部「明咲トウル先生」係

N.D.C.913　252p　15cm

森崎朝香（もりさき・あさか）

講談社X文庫

東京都在住。日々読むのは少年漫画系が圧倒的に多いのに、書くものは少女漫画寄りの話が多い。「結婚したら（現実を知って）、こういう系統の話は書けなくなるんじゃない？」と言われ、将来設計に迷いが生じているこの頃。著書には、『雄飛の花嫁』をはじめとする中華ファンタジー「花嫁」シリーズがあり、本書は第6弾となる。他に、時を超えた恋の行方を描く「ウナ・ヴォルタ」シリーズ4作がある。

white heart

孤峰《こほう》の花嫁《はなよめ》 霞彩包懐《かさいほうかい》

森崎朝香《もりさきあさか》

●

2008年6月5日　第1刷発行

定価はカバーに表示してあります。

発行者――野間佐和子
発行所――株式会社 講談社
東京都文京区音羽2-12-21 〒112-8001
電話 編集部 03-5395-3507
販売部 03-5395-5817
業務部 03-5395-3615
本文印刷―豊国印刷株式会社
製本―――株式会社千曲堂
カバー印刷―半七写真印刷工業株式会社
本文データ制作―講談社プリプレス制作部
デザイン―山口　馨

ISBN978-4-06-286527-2